魔境育ちの全能冒険者《オールラウンダー》は異世界で好き勝手生きる!!

追い出したクセに
戻ってこいだと?
そんなの
知るか!!

3

Author
アノマロカリス

Illustration
れつな

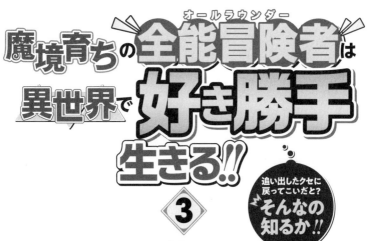

目次

Makyo Sodachi no All-rounder
Ha Isekai de Suki Katte Ikiru!!

ザッシュ
リュカをチームに
引き込むが、身勝手に
利用して追放した
通称「自分に
都合の良い男」。
ガイアン
肉体に絶対の
自信を持つ冒険者。
情報収集にも
長けている。
シオン
ちょっぴり天然な
ザッシュの
パーティメンバー。
支援魔法が超得意！

主な登場人物

Main Characters

シドラ

ダンジョン内で
発見された
タイニードラゴン。
体に似合わず
かなりの大食漢！

リュカ

本作の主人公。
全属性の魔法や卓越した
剣術などあらゆる能力を
使いこなすが、家族には
頭が上がらない……？

リッカ

リュカの双子の妹。
聖女候補の
修業をしている。
お金が大好きで
ずる賢いところも。

第一章
「いんねんのたたかい？」

Makyo Sodachi no
All-rounder Ha
Isekai de Suki Katte Ikiru!!

第一話　新たなる生贄《いけにえ》（これで僕から注意を逸《そ》らすことが出来ます）

僕、リュカは一人、ゴルディシア大陸で最も栄えた街、カイナートにある冒険者ギルドへ向かっていた。

その最中、周囲の人々から好奇《こうき》の視線を向けられているのに気付く。

……まぁ、それも無理ないかもしれないな。

少し前に起きたとある一件のせいで、僕の名前はこの辺りに広く知れ渡ってしまったのだ。

僕は心の中で溜息を吐きつつ、これまで起きたことを思い返す。


二年前、僕は故郷であるカナイ村を出て、カイナートで冒険者を始めた。

【烈火《れっか》の羽ばたき】というパーティに拾われ、夢だった冒険者生活が始まる……と思ったのも束《つか》の間《ま》、リーダーであるザッシュに二年間荷物持ちとして散々《さんざん》こき使われた挙句《あげく》、最終的にはパーティを追放されてしまう。

それならと気持ちを切り替え、ソロ冒険者として活動することに。

仲間もいないし苦労するかな……と思っていたんだけど、依頼はパーティにいた時より楽にこなせるし、みるみるうちにランクが上がっていく。

どうやら僕は、家族であり、かつて最強パーティと言われた【黄昏《たそがれ》の夜明け】のメンバーに鍛《きた》えられたため、世間一般の基準に照らして見ると、かなり強いらしい。

それからしばらくして、双子の妹のリッカが世界各地に散らばる七つの穢《けが》れた地を浄化する試練――『聖女候補の巡礼旅』に挑もうとしていることを知った。

僕は護衛《ごえい》としてその旅に同行することになった。

【烈火の羽ばたき】時代に、僕に唯一優しくしてくれたガイアンも仲間に加え、僕達はカナイ村とカイナートの間にあるハサミシュ村へ。

ちょっぴり苦戦したものの、なんとか浄化を済ませ、続けてサーディリアン聖王国領内の、トライヘリア港の近くにある、二つ目の試練をクリア。

そして三つ目の穢れた地を探して、僕達はバストゥーグレシア大陸にある魔法学園に潜入した。

そこでは生徒の魔力が突然枯渇《こかつ》したり、従魔《じゅうま》が暴れだしたりと、不可解な出来事が発生していた。穢れた地の近くではこのような不思議《ふしぎ》な現象が頻繁《ひんぱん》に起きることから、学園に直接潜入して、事件の真相を探ったってわけ。

学園で知り合った女子生徒のシンシアやクララとともに謎《なぞ》を探り、結局黒幕は七魔王の配下の一人だったことが判明。

そいつを倒すことで事件は解決した……が、結局試練とは無関係だったんだよね。

だけど僕はつくづく魔王に縁《えん》があるみたい。だって学園の事件を解決した直後、今度はなんの因果か、別の依頼をこなしている時に、魔王本人と出くわしてしまったんだから。

さすがは魔王、一時は瀕死《ひんし》にまで追い込まれたけど、激戦の末、なんとか倒したって感じだった。

だがそのせいで、魔王を倒した英雄として、僕の名前が広く知れてしまったというわけだ。

最近は僕のことが新聞なんかでも取り上げられているらしく、知り合いに声を掛けられることも増えた。

本音を言えば少々うっとうしい。

早く巡礼の旅を再開して、知り合いの少ない土地に行きたいよ。

まぁ、シンシアとクララが僕らの旅に同行するために、父方の祖母——とー祖母《ばあ》ちゃんの修業を受けているから、今すぐにってわけにはいかないけど。

シンシアとクララは、僕らが旅をしていると聞いて、同行したいと言ってきた。

でも二人の実力では旅の中で命を落としかねないってことで、一ヶ月カナイ村での修業を耐えられたら同行を許可するということになった。

僕は正直、彼女達がすぐにギブアップすると思っていた。

しかし二人は懸命《けんめい》に修業に取り組み、昨日から天鏡転写《てんきょうてんしゃ》を用いた訓練までしているらしい。

天鏡転写とは、映った人間と同じ能力を持った分身体を生み出し、指定した相手を襲《おそ》わせる鏡の魔道具《まどうぐ》だ。

その分身は元の人間と同じ能力を持つため、倒すには何かしらの策を講じて自身を成長させなければならないが、もし勝てれば大きくレベルを上げることが出来る。

ここまで頑張っている二人を置いていくことはさすがに出来ない。

まぁあの訓練をクリアするのに、僕で四日、リッカは一週間以上かかったから……あの二人だと今から二週間経っても終わらなそうな気がするけど。

そんなわけで、巡礼旅を再開するのはもう少し先になるわけだ。

だから、今僕が冒険者ギルドへ向かっているのは、空いた時間を潰すためなんだよね。


今までのことを振り返っているうちに、気付けばギルドの前にたどり着いていた。

僕はドアを開けてギルドの中に入る。

すると、内部にいた冒険者や職員の方々が一斉《いっせい》にこちらを見る。

……やれやれ、まぁ気にしても仕方ないか。

僕は視線を無視して受付カウンターに行き、受付嬢《じょう》のサーシャさんに声を掛ける。

サーシャさんは僕が初めてここに来た時に対応してくれたお姉さんで、それ以降も色々とお世話になっている。

「サーシャさん、何か依頼はありますか？」

「リュカ君……いえ、英雄リュカ様！　ようこそお越し下さいました」

サーシャさんはわざとらしいほど丁寧《ていねい》な口調でそう口にした。

「もう、普通に呼んで下さい。『英雄』だなんて言われると、恥《は》ずかしいですよ……」

僕がそう言うと、サーシャさんは小さく笑う。

「ふふ、分かりました。それで、依頼ですよね。そうそう、リュカ君に貴族から指名依頼が入って

います よ」

「貴族の依頼？　ガーライル侯爵《こうしゃく》からですか？」

ガーライル侯爵はこの辺りに住んでいる貴族。かつて彼の娘であるアリシア様の警護を依頼されたことがあるのでまた何か頼み事をしてきたのかと思ったのだ。

しかし、サーシャさんは首を横に振る。

「いえ、ハイランダー公爵からです」

ハイランダー公爵は武勲《ぶくん》で名を馳《は》せた貴族で、国王陛下の護衛隊、ロイヤルナイツの団長をやっている人だったはず。

確か奥《おく》さんもそこの副団長で、彼の家は貴族の中でも高い実力や財力を持っているとか。

直接関わったこともないのに、なんでそんなところから指名依頼が来たんだろう？

僕は少し考え、尋《たず》ねる。

「依頼って……まさか、『英雄の力を試したいから手合わせしろ』とかじゃないですよね？」

「今回の依頼は旅に出るご子息の護衛だそうです。話によると、ハイランダー公爵の師は剣聖《けんせい》ジェスター様なので、それでリュカ君に依頼したんだとか」

ジェスターとは僕の父方の祖父——とー祖父《じい》ちゃんのことだ。

とー祖父ちゃんはかつて剣聖と言われ、多くの弟子を持っていたらしい。

それなら、僕に依頼が来るのも納得だ。

ただ、それでも疑問は残る。

「じっちゃんの弟子なら、ご本人も相当強いでしょうし、公爵家ともなれば、お抱《かか》えの騎士だっているでしょう？　なのになぜ外部に護衛依頼を出すんでしょうか」

「なんでも今回は護衛の騎士は付けないらしいです。その理由までは分かりませんが……」

うーん、大切な息子が旅に出るというのに、それは些《いささ》か不自然だ。

僕は少し考えてから口を開く。

「……依頼を受けるかは別として、とりあえず話を聞いてきます。ハイランダー公爵のお屋敷に行けばいいんですよね？」

「はい。ちなみに……場所はご存知なのですか？」

心配そうに尋ねてくるサーシャさんに胸を張って答える。

「大丈夫です。何度か前を通りかかったことがありますから！」

「そうですか、ではリュカ君が訪問する旨を、通信用の魔道具でお伝えしておきます。よろしくお願いしますね！」

僕はサーシャさんに頭を下げて、ギルドを後にした。


ギルドを出てすぐ、転移魔法でハイランダー公爵家の前まで移動する。

転移魔法は一度行ったことがある場所なら、どんなところへも一瞬で移動出来る優《すぐ》れものなのだ。

ちなみに僕は村で何気なく習ったけど、転移魔法は伝説の魔法と呼ばれているんだとか。

屋敷の外観を眺《なが》め、一人呟《つぶや》く。

「……いつ見てもデカイ屋敷と庭だよなぁ……」

ハイランダー公爵家の敷地《しきち》は、ガーライル侯爵家よりも遥《はる》かに広い。

どころかカナイ村より断然大きいだろう。

そう思いながら門の前に行き、警備をしている騎士に声を掛ける。

「冒険者ギルドの依頼で参りました、リュカ・ハーサフェイと申します。ハイランダー公爵にお会いしたいのですが……」

すると、騎士は右手を差し出してくる。

「ギルドカードをご提示ください」

ギルドカードを渡すと、騎士はそれと僕を交互に見て、頷《うなず》いた。

「こちらへどうぞ、公爵がお待ちです」

それから彼に案内されるまま、庭を歩く。

屋敷の前に来たところで、今度は執事《しつじ》と思われる人がやってきた。

屋敷の内部はこの人が案内してくれるのかな？

執事の後について、更に五分ほど歩いたところで、公爵の執務室《しつむ》の前にたどり着いた。

執事は扉《とびら》をノックする。

「冒険者ギルドから来られた、リュカ様をお連れしました」

すると、扉の向こうから返事があった。

「よかろう、通せ！」

「失礼します！」と言って、執事は扉を開ける。

部屋はそれなりに広く、奥には執務用の机、その手前に来客用と思《おぼ》しき長テーブルと、それを挟《はさ》むようにして三人掛けのソファが二つ置かれていた。

室内に入ると、四十代前半くらいの体格の良い男性が近づいてくる。

この人がハイランダー公爵なのだろう。

とー祖父ちゃんの弟子《でし》なだけあって、普段から鍛えているんだな。

そんなことを思っていると、ハイランダー公爵は口を開く。

「貴公がリュカ殿《どの》か？」

「はい、リュカ・ハーサフェイと申します」

僕が丁寧な口調で答えると、ハイランダー公爵は続ける。

「ジェスター殿はお元気かな？」

「……元気すぎて困るほどには」

僕が少し悩《なや》んでから言うと、ハイランダー公爵は豪快《ごうかい》に笑いだす。

「ははは！　やはりジェスター殿はお元気なのだな！　それなら良かったよ」

それから、ハイランダー公爵は修業時代の思い出や、苦労話を聞かせてくれた。

公爵だからお堅《かた》い人なのかもと思っていたのだが、意外と親《した》しみやすい人で良かった。

軽くとー祖父ちゃんの話で盛り上がった後、僕とハイランダー公爵は向かい合うようにソファに座る。

「ではそろそろ、今回の依頼について話すとしよう。ギルドでも聞いただろうが、リュカ殿には遠征に向かう息子、シュヴァルツの護衛を頼みたいのだ」

ハイランダー公爵は腕《うで》を組みながらそう言った。

僕は気になっていたことを尋ねる。

「護衛に騎士を付けないとお伺いしましたが――」

「おっと、もう少し肩の力を抜いてくれていいぞ。我らは同じ師から剣術を学んだ同志だからな」

僕の言葉を遮《さえぎ》るように、ハイランダー公爵はそう言って笑った。

ずっと気を張っているのも疲れるので、その心遣いはありがたい。

僕は咳払《せきばら》いをしてから、改めて尋ねる。

「では、失礼して……なぜわざわざ僕に依頼を？」

「実は息子が自分の手で魔物を倒しながら旅がしたいと言いだしてな。しかもお抱えの騎士隊とじゃなく、冒険者と一緒がいいらしい。そこで、魔王を倒した英雄であり、実力のあるリュカ殿に声を掛けたんだ」

なるほど、要は貴族の我儘《わがまま》息子が、冒険者ごっこをしてみたくなったわけか。

なんというか……予想以上にくだらない理由だったな。

僕は思わず小さく息を吐く。

「はぁ、魔物と戦うのは命懸《が》けですよ。そのような動機で旅をするなんて、僕はどうかと思いますが……」

「私もロイヤルナイツの団長をしているから、戦いの恐ろしさは嫌と言うほど分かっているつもりだ。ただ最近息子がどんどん傲慢《ごうまん》になってきていてな。どこかで一度挫折《ざせつ》を味わってほしいんだ。だからリュカ殿に頼みたいのは息子がピンチになった時に助ける役目――」

その時、執務室の扉が勢いよく開く。

扉の前には、僕と同じくらいの年齢の少年が立っていた。

ハイランダー公爵が怒鳴《どな》る。

「おいシュヴァルツ、今は来客中だぞ！」

その呼び名から、彼が件《くだん》の我儘息子だと分かった。

シュヴァルツはハイランダー公爵の言葉を無視して部屋に入ってくる。

「英雄リュカがこの屋敷に来ているって聞いてな……こいつか？」

そう言って、僕に不躾《ぶしつけ》な視線を向けてくるシュヴァルツ。

態度や口調からも、生意気《なまいき》さが伝わってくるな。

シュヴァルツは僕の近くにツカツカ歩いてきて、口を開く。

「弱そうな奴だな。本当にお前が英雄なのか？」

「なんですか、このクソ生意気なガキは？」

僕は思わずハイランダー公爵にそう聞いてしまう。

だってムカつくんだもん、こいつ。

するとハイランダー公爵が何か言うより先に、シュヴァルツが僕の胸倉《むなぐら》を掴《つか》んでくる。

「お前！　俺は公爵令息だぞ！」

さっきから本当に失礼な奴だな。

これなら気を使う必要はないなと思い、僕は鼻で笑ってやる。

「だからなんだ？　公爵家に生まれただけのガキが偉そうに！　自分の力で何も為《な》していない者は、平民と同じだ！」

僕がそう言うと、シュヴァルツは顔を真っ赤にして、鋭《するど》い視線を向けてくる。

「お前、俺を平民扱いしたな……？」

そう言うとシュヴァルツは胸倉を掴んでいるのと逆の手を握《にぎ》り込み、拳を振るってきた。

僕は容易《たやす》くそれを避《よ》けると、シュヴァルツを突き飛ばし、ハイランダー公爵に視線を向ける。

「ハイランダー公爵に申し上げます。護衛依頼の件、お断りさせていただきます。礼儀のなってないガキのお守《も》りなんて真《ま》っ平《ぴら》ごめんですから」

僕はそう言って立ち上がると、頭を下げて出口へ歩きだした。

その時、背後からシュヴァルツの声が聞こえてくる。

「おい待て！　さっきの侮辱《ぶじょく》を許してはいないぞ！　俺と勝負しろ！」

僕は振り向くと、小さく息を吐いて答える。

「断る」

「何!?　臆《おく》したのか？」

「弱い者いじめは好きじゃないからね」

そう告げて、再度部屋から出ようとした。

だが、今度はハイランダー公爵が言う。

「リュカ殿、私からもお願いする！　シュヴァルツと戦ってもらいたいのだが……可能だろうか？」

シュヴァルツと違って、誠意に満ちたハイランダー公爵の声に足を止める。

だが、ここまでのことをされて、素直に頷くわけにはいかない。

「申し訳ありませんが、お断りさせていただきます。僕は冒険者ですから、タダ働きはしたくありません」

「では、息子との勝負を依頼として受けていただくのはどうかな？」

ハイランダー公爵はそう言うと、僕の近くに寄ってきて囁《ささや》く。

「息子の無礼《ぶれい》を謝罪しよう。あいつの性根《しょうね》を叩き直すために、勝負を受けてくれないか。死なない程度《ていど》になら思い切り痛めつけて構わないし、報酬《ほうしゅう》も出す。頼む！」

改めてお願いしてくるハイランダー公爵。

そう言えば以前にもこんなことを言われたな。

確かあれは駆け出し冒険者パーティ【全民《ぜんみん》の期待《きたい》】のサポーターを務めるよう頼まれた時だ。

あの時も生意気な奴の面倒を見る前に、お灸《きゅう》を据《す》えていいって言われたんだよな。

まぁ、こういうタイプを改心させるなら、実力を見せるのが手っ取り早いってことか。

僕は少し考えた後、改めてハイランダー公爵に向き直る。

「……そういうことでしたらお引き受けしましょう。それで……どこで戦えば良いのですか？」

僕の言葉に、ハイランダー公爵は笑みを浮かべた。

「助かるよ。それでは早速訓練場に案内しよう」

「よし、見ていろよ、吠《ほ》え面《づら》かかせてやるからな！」

シュヴァルツはそう言うと、先に出ていってしまった。

僕はその後、ハイランダー公爵に続いて部屋を出た。


十分ほど歩き、屋敷の中にある訓練場に案内された。

部屋の中には何もない。僕とシュヴァルツは部屋の中央へ歩いていき、五メートルほど距離を空けて向かい合う。

「では、双方構えて……始め！」

審判《しんぱん》であるハイランダー公爵の声を合図に、僕とシュヴァルツは剣を抜いた。

だが僕は、目を閉じて構えを解《と》く。

「なんだ、降参《こうさん》か？　それとも俺にビビったのか？　英雄といっても大したことはな――」

シュヴァルツの言葉を遮り、僕は言う。

「弱い奴ほど饒舌《じょうぜつ》になると習わなかったのか？　御託《ごたく》は良いから来い！」

「くそっ！　馬鹿《ばか》にしやがって！　くらえ！」

シュヴァルツはそう叫びながら剣を振るい、連続攻撃を仕掛けてくる。

しかし僕は目を瞑《つむ》ったまま、それらを全て躱《かわ》していく。

するとシュヴァルツは、［騎士剣《きしけん》］のスキルを使い、連撃の勢いを増してきた。

この年で、［騎士剣］が使えるとは……正直驚きだ。

剣の腕だけを見たら、平均的な冒険者以上だろう。

大きな口を叩くだけはあるってことか。

だが、その程度で僕に勝とうだなんて、甘い。

「なぜだ!?　なぜ……目を閉じてるのに［騎士剣］を躱せるんだ!?」

シュヴァルツは焦ったように声を上げた。

審判をしているハイランダー公爵が呟くのが聞こえる。

「驚いたな……あの年齢で［心眼《しんがん》］を使いこなしているのか……」

そう、これが空気の流れや相手の気配で、攻撃の種類や位置を察知する技術、［心眼］だ。

極めれば相手を見ずとも、どんなスキルを使っているかさえ手に取るように分かる。

まぁ、この程度の相手にわざわざ使う必要はないが、実力差を思い知らせるため、あえてやっているのだ。

その後もシュヴァルツは剣を振り回し続けたが、ついぞ僕に当てることは叶わなかった。

やがて彼の動きは鈍《にぶ》くなっていき……ついには膝《ひざ》を突いた。

まぁこれで実力差は痛いほど分かっただろうし、痛めつける必要もないか。

僕は目を開け、シュヴァルツから離れる。

そしてハイランダー公爵に近づいた。

「これで終わりのようですね？　では公爵……報酬をいただけますか？」

だが、僕がそう言った次の瞬間、シュヴァルツは起き上がり叫ぶ。

「まだだ！　秘剣・［ソニックブーム］！」

シュヴァルツが剣を振るうと、斬撃がこちらに向かって飛んできた。

［ソニックブーム］とは、刀身に纏《まと》わせた魔力を放つ飛刃技《ひじんぎ》の一種だ。

本来であれば、隊長クラスの騎士でなければ使えない高等剣技である。

シュヴァルツはやはり中々優れた才能を持っているようだ……が、甘い！

僕は向かってくる［ソニックブーム］を一振りでかき消し、反撃技を放つ。

「秘剣・［ソニックブレスト］！」

［ソニックブーム］で飛ばせる刃は一つだが、［ソニックブレスト］は同時に五つ飛ばせる。

つまり、［ソニックブレスト］の方が圧倒的に上位の技なわけ。

僕が放った五つの衝撃波を全て食らったシュヴァルツは、後方に吹き飛んでいった。

今回は刀身の刃ではなく峰《みね》に魔力を纏わせて放ったので、体は斬れないが、一発一発が木刀で殴ったのと同じくらいの威力を持っていたはずだ。

現に［ソニックブレスト］を食らったシュヴァルツは意識こそかろうじて保っているものの、動くことすら出来ないみたいで、地面に倒れ込んでいる。

その様子を見たハイランダー公爵が口を開く。

「それまで！　勝者、リュカ殿！」

僕はその言葉を聞いて、剣をしまった。

すると、ハイランダー公爵が驚いた顔で声を掛けてくる。

「私ですら［ソニックブレスト］は教わらなかったのに……リュカ殿は本当に過酷《かこく》な修業をこなしてきたのだな」

「僕はとー祖父ちゃん達に死ぬ程シゴかれましたからね。弟子より親族の方が、遠慮《えんりょ》なく鍛えられるのは当然でしょう」

まぁあの人達に遠慮なんて発想があるかは怪しいが。

そんなことを思っていると、ハイランダー公爵が「約束の依頼料だ」と言って、金貨を一枚渡してくる。

僕はそれを受け取ると、ポーションを懐《ふところ》から取り出した。

「そのポーションは……なんだか色が普通のものと少し違うな？」

そう聞いてきたハイランダー公爵に、僕はポーションの効果を説明する。

「このポーションを飲むと徐々に怪我が治っていきます。しかし副作用として治るまでの間に、攻撃を食らった際の十倍の痛みに襲われるんです。シュヴァルツの性根を直すには良いかと思いまして」

「ほう、それは懐かしいな。私も修業の時、痛みを増すポーションをよく飲まされたものだ。言われてみれば、こんな色をしていた気もする」

このポーションはとー祖母ちゃんが作ったものを改良したものだったが、ハイランダー公爵も似たようなものを飲んだ経験があるのか。

っていうかシュヴァルツに飲ませるのは反対されるかもと思ったけど、そうでもないみたい。

この人もとー祖父ちゃんの修業を乗り越えているから、感覚がズレているのかも。

そんなふうに思いながら、地面に蹲《うずくま》るシュヴァルツにポーションを飲ませた。

すると、シュヴァルツがのた打ち回り始める。

息子の様子を見つつ、ハイランダー公爵が懐かしむように言う。

「私もカーディナル殿から痛覚五十倍ポーションを飲まされた時は辛《つら》かったなぁ……」

「え？　百倍じゃないんですか？」

「何？　今はそんなものがあるのか？」

「僕が修業していた時は百倍ポーションでした。そう考えたら十倍なんて、軽い軽い！」

それからしばらく雑談に興じているうちに、シュヴァルツは気絶して動かなくなった。

怪我はすっかり治っているようで、一安心である。

だが念のため体を診《み》るということで、一緒に試合を見ていた執事達数人が、シュヴァルツを治療室に連れて行った。

ハイランダー公爵は小さく呟く。

「……これで、少しは態度を改めてくれるといいが……」

やはりハイランダー公爵は、息子の性格を心配しているらしい。

だが、あの性格はすぐには直らないだろうな。

あっ、でもアレを経験すればさしものシュヴァルツも改心するんじゃないか⁉

そうと決まれば、ハイランダー公爵にお願いしてみよう！

僕は思いついたことを頭の中でまとめると、口を開く。

「ハイランダー公爵は今、お暇《ひま》ですか？」

「差し迫った公務はないな……ここ最近忙しかったが、ようやくいち段落ついてね。向こう一ヶ月ほどは落ち着いているよ」

「奥様もですか？」

「無論……だが、それがどうかしたのか」

ハイランダー公爵は首を傾《かし》げた。

僕はニヤリと笑って言う。

「実はご子息の性格を変えるのにうってつけな場所があるんです！　僕の故郷の村なんですけど……丁度近々魔猟祭《まりょうさい》というイベントがあり、それに参加すればご子息の考え方にも変化が表れるはず！」

魔猟祭とは、カナイ村で毎年一週間ほどかけて行われる、魔物の狩猟祭のことだ。

カナイ村では毎年決まった時期の一週間ほど、土地の魔素が一気に増大して魔物が増殖する。

まぁ一種のスタンピードが起こるわけだ。

村人達だけで増殖した魔物を全て倒すのは骨が折れるので、この時期が近づくと【黄昏の夜明け】の弟子達を中心に、村の外にいる実力者を呼び集めるのだ。

まだ魔猟祭が始まるには少し時間があるが、魔物が少しずつ増え始めており、とー祖父ちゃん達は忙しそう。

実力者と思しきハイランダー公爵に村に来てもらえれば、とても助かるんだよね。

「リュカ殿の故郷というと……カナイ村だよな？　それに魔猟祭って……」

ハイランダー公爵は、顔を青くしてそう零《こぼ》す。

どうやら魔猟祭のことも知っているようだな。それなら話は早い。

「ご子息の曲がった根性も矯正《きょうせい》できますし、レベルも上げられて一石二鳥《いっせきにちょう》です。行きましょう！」

ハイランダー公爵は口ごもる。

「いや、でも、私達はしばらく休息を……」

「美しい自然に綺麗《きれい》な空気、そして美味しい魔物達……観光には持ってこいですよ！」

「だが……ジェスター殿もお忙しいと思うし……」

煮《に》え切らないハイランダー公爵。

まぁ気持ちは分かる。もしとー祖父ちゃんに会ったら絶対に修業させられるだろうし、魔猟祭に本格的に巻き込まれたら、休むどころではないからな。

だが、僕はそろそろ旅に出てしまうから、代わりに腕の立つ人を少しでも村に呼んでおかねば。

もし人手が足りなくなって、旅に出られない、なんてことになったら困るからね。

僕は更に語気を強めて言う。

「ハイランダー公爵は、ガーライル侯爵をご存知ですよね？」

「あぁ、知っているが……」

「数ヶ月前に、ガーライル侯爵とその配下の騎士達が僕の村に修業しに来たのですが……全員すごく強くなって帰っていきました。きっとご子息も更に実力を付けられると思います！」

そう言って僕はハイランダー公爵に詰め寄る。

しかし、彼は首を縦には振ってくれない。

「その……妻にも聞いてみないといけないしな……」

「では、早速聞きに行きましょう。さぁさぁ！」

僕はそう言って、ハイランダー公爵の背中を押して、公爵夫人の部屋に向かわせるのだった。

訓練室を後にして十分後、僕とハイランダー公爵は、公爵夫人――オリビアさんの執務室を訪れていた。

この部屋も、ハイランダー公爵の部屋と同じ構造になっている。

僕はソファに座り、向かいにいるオリビアさんに頭を下げる。

「初めまして……リュカ・ハーサフェイと申します。突然押しかけてしまい、申し訳ございません」

すると、オリビアさんは穏やかな笑みを浮かべる。

「ふふ、いいのよ。トリシャちゃんの息子さんが来てくれるって話は聞いていたし、私も会いたかったもの～」

「トリシャちゃん……？　母とお知り合いなんですか」

オリビアさんは母さんとの関係を説明してくれた。

なんでも、オリビアさんもカナイ村で修業していた時期があるらしく、そこで母さんと知り合ったらしい。

オリビアさんがロイヤルナイツの副団長になれるほどの実力者だと考えると、納得できる話ではある。

「私とトリシャちゃんは同い年で、すぐに仲良くなったの～。ちなみに、リュカ君が生まれる時には私も立ち会ったのよ。双子だったのよね？」

オリビアさんの言葉に僕は頷く。

「はい、妹はリッカといいます」

「そうそう、リッカちゃんね。懐かしいわぁ！」

そう言って、楽しそうな表情になるオリビアさん。

対照的に、ハイランダー公爵は冷や汗を流している。

オリビアさん、カナイ村に行きたがりそうだしね。

「そういえば、シュヴァルツはどこにいるのかしら？　英雄の顔を見てくるって息まいていたけど……」

オリビアさんは思いだしたかのようにそう言うと、周囲を見回した。

僕は言葉を選びながら説明する。

「先ほどまで模擬戦をしていたのですが、力が入りすぎてしまい……怪我はないのですが、気絶させてしまいました。申し訳ありません」

すると、オリビアさんは笑う。

「いいのよ～あの子は最近どんどん我儘になってきていたから。いい薬になるわ～」

……なるほど、オリビアさんもシュヴァルツの性格には思うところがあるのか……チャンスだな。

「それなら、ハイランダー公爵と奥様、そしてご子息でしばらくカナイ村に滞在されませんか？　ご子息もあそこで修業すれば心身ともに強くなるはずです！　それに近々魔猟祭がありますので、もしよろしければ力を貸していただけたら……と」

僕がそう言うと、オリビアさんは手を叩く。

「カナイ村！　いいわねぇ……久々に行きたいわぁ！　トリシャちゃんにも会えるし……あっ、でも、ここからだとかなり遠いわよねぇ」

「心配ありません！　僕の転移魔法を使えば、今からでも行けますよ」

すると、オリビアさんは「まぁ素敵！」と言って、ニコニコと笑った。

その様子を見たハイランダー公爵は肩を落とした。

とはいえその後、「まぁ、久しぶりにジェスター殿にお会い出来るなら……」と言っていたので、心の底から嫌というわけではないのだろう。

そんなこんなで話は纏《まと》まった。

カナイ村に行くための準備をしてもらい、また明日、ここに迎えにくることになったので、僕は屋敷を後にした。

◇　◇　◇　◇

翌日、僕は約束通り再びハイランダー公爵の屋敷を訪れた。

昨日の夜、村に帰った時に、家族の皆には一通り話を伝えてあるし、宿も確保済みである。

屋敷の前に行くと、ハイランダー公爵にオリビアさん、そしてシュヴァルツと、数人の執事が待っていた。

シュヴァルツはこちらを一瞬睨《にら》んできたものの、すぐに視線を逸らす。

まだ敵意を抱いているようだが、初めて会った時みたいに突っかかってはこない。

多少は認めてもらえたのかもな。

そんなことを考えつつ、僕はハイランダー公爵に声を掛ける。

「行くのはご家族の三人だけで良いんですか？」

「うむ！　あとは頼んだぞ！」

ハイランダー公爵が執事達を見てそう言うと、彼らは揃《そろ》って頭を下げてくる。

「「「「いってらっしゃいませ、旦那様」」」」

挨拶が終わったことを確認し、僕は唱える。

「では、転移・カナイ村！」

一瞬で僕ら四人は荷物とともに、カナイ村に移動した。

僕ら四人は家の前の庭へ。

僕は薪《まき》割りをしているとー祖父ちゃんに声を掛ける。

「とー祖父ちゃん。昨日話していた通り、ハイランダー公爵達を連れてきたよ」

とー祖父ちゃんはこちらを振り返ると、笑みを浮かべる。

「おぉ、シュナイダーにオリビアか！　久しいのう！」

ハイランダー公爵とオリビアさんは頭を下げた。

「お久しぶりです、ジェスター殿！」

「ジェスター様、御無沙汰《ごぶさた》しております！」

「二人とも、元気そうで何よりじゃ。で、後ろの子は……」

とー祖父ちゃんはそう言ってシュヴァルツを見た。

ハイランダー公爵が口を開く。

「息子のシュヴァルツです」

シュヴァルツは素直に頭を下げた。

僕に会った時と同じように何かしら文句を言うかと思ったが、さすがに【黄昏の夜明け】の凄さは分かっているということか。

僕はとー祖父ちゃんに言う。

「シュヴァルツに修業の手ほどきをしてほしいんだ。あと……ハイランダー公爵はどうしますか？」

「私は……」

ハイランダー公爵が何か言う前に、とー祖父ちゃんが口を開いた。

「シュナイダーも久々に手合わせをするか？　腕が鈍《なま》ってないか確認してやろう！」

その言葉を聞いたハイランダー公爵は苦笑いする。

「……お手柔《やわ》らかにお願いします！」

シュヴァルツとハイランダー公爵は武器を取りに庭の奥へ歩いていった。

残された僕はオリビアさんを連れて、家の中に入る。

すると母さんが、ハイランダー公爵夫人を見て駆《か》け寄ってきた。

二人は抱き合い、互いに声を掛け合う。

「久しぶりね、トリシャちゃん！」

「本当にね、オリビアちゃん！」

二人の再会に水を差すのは悪いと思い、僕は再度外に出る。

すると、既にとー祖父ちゃんとハイランダー公爵、そしてシュヴァルツが剣で激しく打ち合っていた。

おいおい、軽くだが衝撃波が発生するくらい本気でやらなくても……

僕は巻き込まれたらまずいと思い、早々に家を離れる。

行き先は、シンシアとクララのところだ。

最近は二人の修業を見ていないし、様子が気になる。

「そういえば、リッカはどこにいるんだろ？」

移動しながら索敵《さくてき》魔法で調べてみると、リッカは二人の近くにいることが分かった。

二人を見に行けば会えそうだな。

そう思いながら、僕は三人がいるであろう、街の外れに向かった。

第二話　リッカへの復讐《ふくしゅう》（食事中の人が見ていたらごめんなさい！）

街の外れに行くと、シンシアとクララが天鏡転写によって生み出された分身体――シャドウと戦っているのが見えた。

僕はそれを近くで眺めているリッカに声を掛ける。

「二人はどんな感じ？」

「クララは順調だけど、シンシアは苦戦しているみたい」

リッカの言葉を聞いて、僕は改めてじっくりと二人を眺める。

二人は魔法の発動を助ける魔法杖《じょう》――ワンドを武器に、シャドウと戦っていた。

……なるほど、学園にいた頃と比べれば、二人とも恐ろしく成長しているけど、シャドウを倒すにはもう一歩足りないかもね。

「よし、少し休憩《きゅうけい》にしよう」

僕はそう呟くと、シンシアとクララのシャドウを魔法で拘束する。

すると二人は驚いたようにこちらを見た。

どうやら戦いに夢中で、僕に気付かなかったらしい。

僕は収納魔法にしまってあったレジャーシートや食べ物を取り出し、彼女達に手を振る。

シンシアとクララは僕の意図を察したようで、駆け寄ってきた。

四人でレジャーシートを敷いた地面に座り、取り出した軽食や飲み物を口にし始める。

収納魔法は生物以外のものならなんでも、時を止めた状態で異空間に収納出来る魔法だ。

容量の制限もほとんどないので非常に重宝《ちょうほう》している。

休憩しながら、僕は戦いを見て感じたことを二人に伝えていく。

「クララは追い詰められるとムキになって、攻撃魔法を乱発してしまう傾向があるね。ピンチの時ほど落ち着いて、弱体魔法を駆使《くし》してチャンスを窺《うかが》ったほうがいい」

僕の言葉を聞いたクララは、真剣な表情で頷く。

「なるほどね……追い詰められると急いで倒さなきゃって気持ちになっちゃうけど、確かにそっちの方がいいわね。魔力消費も抑えられるし」

その返事を聞いて満足した僕は、次にシンシアを見る。

「そしてシンシアなんだけど……これを使って戦ってみてほしい」

僕はそう言って、収納魔法から手製のレイピアを取り出し、シンシアに渡した。

シンシアは武器を手に取り、言う。

「このレイピア……魔力を感じます」

「これは鍔《つば》の部分に魔石を入れてあるから、ワンドの機能も持っているんだ。シンシアは魔力量が多くて魔法も上手いけど……杖で戦うのが苦手なんじゃないかって思ったから」

どうやらシンシアにも思い当たる節《ふし》があるみたいで――

「実は幼少から騎士の兄とよく剣の手合わせをしていたので、剣の方が扱いは慣れています。でも魔法学園で、剣よりも杖を使った方が良いと教わりまして」

なるほど、まぁ魔術師を育てる学園ではそう指導するだろうな。

でもシンシアは遠距離からの魔法戦よりも、接近戦をしながらサブで魔法を使う方が向いていそうだ。

それから、三十分ほど掛けて僕はシンシアにレイピアの使い方を教えるのだった。


三十分後、シンシアとクララが僕らから離れシャドウと向き合ったのを見て、拘束魔法を解く。再び戦闘が始まる。

僕は改めて二人の戦いを眺める。

……クララもシンシアも、先ほどより戦い方が良くなったね。

クララは魔法を無駄撃ちしなくなったし、余裕を持って立ち回れている。

シンシアは予想以上にレイピアの扱いが上手く、敵に接近された時も慌てていないな。

どうやらリッカも同じことを思ったようで、嬉しそうに頷きながら言う。

「クララの動きが良くなったのは当然凄いけど、シンシアがこんなに剣の扱いが上手いなんて驚いたよ」

確かに、シンシアの剣術は想像以上に板についている。

魔法学園にいた時には見ることはなかったけど、かなり訓練していたんだな。

「そういえば、今のシンシアとクララってレベルいくつなんだろう？」

僕がふと呟くと、リッカが答えてくれる。

「学園にいた時はレベル13前後だったと思う。でも少し前にヘルクラブを倒せるようになったから、今は50くらいじゃないかな？」

……ってことは、シャドウを倒せれば、レベルは70〜80台くらいにはなるか。

それだけあれば、旅の同行を許してもいいかな。

そんなことを思いながら、僕は戦いを眺め続けるのだった。

◇　◇　◇　◇

僕がアドバイスをしてから、クララは十四日後、シンシアは十六日後にシャドウを倒した。

当初の想定よりも時間がかかってしまったが、これでようやく旅を再開出来る。

旅に出る日も決まり、今はその前日の深夜だ。

僕は一人、リッカの寝室に忍《しの》び込もうとしている。

目的は仕返しだ。

つい先ほどまで家族の皆や家《うち》に滞在するハイランダー公爵一家、あとは村で修業をしていたガイアンも含めて、シンシアとクララが修業を終えたことを祝うパーティが行われていた。

パーティは最初は平和に盛り上がっていたのだが……誰かが持ってきた酒をリッカ、シンシア、クララの三人が飲んだところから、僕にとって地獄の時間に変わったのだ。

みんな十五歳以上なので成人にはなっているからお酒を飲んでも問題ないのだが、三人は泥酔《でいすい》して、僕に絡んでくるようになったのである。

その中でも最悪だったのは、酔《よ》っぱらったリッカが性別を変えるメイク魔法を僕に放ち、体を女性のものに変えたことだろう。

リッカは女性になった僕の服を脱がし、どこからか持ってきたセクシーなランジェリーや、露出の多いドレスを着せてきたのだ。

ちなみに、止める者は誰もおらず、皆大笑いしていやがった。

その時はシンシアとクララの祝いの場だったこともあり、死ぬ気で怒りを抑えていたが、やられっぱなしの僕ではない。

リッカには僕が受けた以上の苦しみを味わってもらわなくちゃね。

音を立てないようにリッカの寝室に入る。

リッカはベッドの中で寝息を立てて眠っていた。

あれだけお酒を飲んだんだ。しばらくは起きないよね。

僕は周囲に防音用の結界を張り、更に眠っているリッカに拘束魔法をかけて動けなくする。

これから始まるのはかー祖父ちゃんのブーツと、ダメージ十倍ポーションを使った悪戯《いたずら》だ。

かー祖父ちゃんは、現役時代はトレジャーハンターとして活動しており、今でも頻繁《ひんぱん》に森で冒険したり、鍛錬したりしているのだが、足がとても臭い。

そんなかー祖父ちゃんのブーツをこっそり借りてきたのだ。

しかも今回持ってきたのは洗う直前のものである。

一ヶ月は使い続けていたので、汗がたんまりとしみ込んでいるはずだ。

僕は収納魔法を発動し、結界魔法で封じておいたブーツを取り出す。

次にリッカに身体機能を上昇させる魔法を掛け、嗅覚《きゅうかく》を鋭くしてあげた。

そして僕は防臭効果のあるマスクを着け、準備は万全《ばんぜん》。

結界を解いて……リッカの鼻と口を塞《ふさ》ぐようにブーツを押し付ける。

「スースー……む？　う……うぷぅ！　うぇーーーー！　おぇーーーー！」

先ほどまで眠っていたリッカがジタバタと暴れだしたが、拘束魔法のせいで体はほとんど動かせない。

今のリッカは犬以上の嗅覚を持っているはずなので、相当苦しいだろうな。

普段僕はあまり怒らないようにしているが、そのせいでリッカが調子に乗ることが多々ある。

今回のように行きすぎた時には、このような行為で仕返しをしているのだ。

「リュ……カ兄《に》ぃ……？　ゴボッゲボッ！　ゴボボボボ！」

リッカは、まるで溺《おぼ》れているかのような声を上げ続ける。

「大丈夫だよリッカ、臭いで死ぬことはないから……はい、ポーション！」

僕はそう言って一度ブーツを離すと、今度はリッカの口にポーションの入った瓶《びん》を押し当てる。

わけもわからず、リッカはポーションを飲む。

その様子を見て再度ブーツを顔に押し付ける。

次の瞬間、リッカは獣のような声を上げ、先ほどよりも大きく暴れだす。

よしよし、ちゃんと臭いの苦しみがダメージ扱いされ、十倍になったようだな。

それからたっぷり三十分、僕はブーツをリッカの顔に押し付け続けた。

リッカが気絶して、反応を示さなくなったところで、ブーツを離す。

「今回はこれで勘弁《かんべん》してあげるよ！」

僕はそう告げ、部屋を後にした。

さすがにこれ以上やると、体に問題が出てくるかもしれないからね。


翌朝、僕がリビングで料理していると、リッカ、シンシア、クララの三人が部屋に入ってくる。

シンシアとクララは、二日酔いなのか頭を押さえている。

そしてリッカは二人より遥かに顔色が悪い。

とはいえ僕を見て何も言ってこないということは、昨日のことはよく覚えていないようだ。

まぁ何か言われても、『夢でも見たんだろ』って誤魔化《ごまか》すつもりだったけど。

「そんな顔色じゃ午前中に出発するのは無理だろうね。二日酔いに効くキュアポーションをあげるから、それを飲んで休んでいな。出発は午後でも良いし」

僕は何食わぬ顔でそう言うと、収納魔法から取り出したキュアポーションを三人に渡す。

「「「は〜い……」」」

三人は素直に返事して、部屋に戻っていった。

……まぁ結局午後になっても三人の体調は戻らず、その日は出発出来なかったんだけど。

◇　◇　◇　◇

シンシアとクララの祝いのパーティから二日後、ようやくリッカとシンシアとクララの体調が戻った。

そのため、僕、ガイアン、リッカ、シンシア、クララ、それに僕の右手の紋章《もんしょう》にいるタイニードラゴンのシドラの五人と一匹で巡礼の旅を再開することに。

とはいえ、これから目指す場所ではタイニードラゴンは珍しいから、騒ぎを避けるためにも基本的にシドラには紋章の中にいてもらうけどね。

まず僕らは、ファークラウド大陸の端《はし》にある街、サンデリアに転移した。

ガイアンが周囲を見渡して言う。

「もうここはファークラウド大陸なのか。いつも思うんだが、転移魔法で移動すると別大陸に来た実感が湧かないな」

その言葉に、シンシアとクララも頷いている。

僕はもう慣れちゃったけど、彼女達にとって、転移魔法はあまり身近ではないだろうし、その感想も納得だ。

「まぁ手間が省けるんでいいけどよ。で、最終的な目的地はクラウディア王国だよな？」

クラウディア王国はファークラウド大陸の中央にある国だ。

ガイアンの言葉にリッカが頷く。

「うん。そっちの方角に穢れの反応があるよ！」

そう言って、首に掛けたアミュレットを掲げるリッカ。

彼女のアミュレットにはそれぞれの大陸から採《と》れた七つの宝石が取り付けられており、穢れに反応して光る。

これをコンパス代わりにして、穢れた土地を探せるのだ。

本当は穢れの反応があるクラウディア王国まで転移魔法で行ければ楽なんだけど、僕はクラウディア王国に行ったことがない。

だから転移出来る場所でそこに一番近いサンデリアに来たというわけだ。

ファークラウド大陸は大陸といいつつ島国が多いから、海の上の移動がメインになりそうだな。

最初の目的地はここから歩いて一日ほどのところにある港だ。

第三話　ある男との決着（まずはコイツです……）

休憩を挟みつつ、僕らは一日半ほどかけて、サンデリアの港にたどり着いた。

ここから船で移動し、クラウディア王国のマウロ港に向かうプランだ。

僕らは港でぼんやりと船を眺めている。

もうそろそろ僕らが乗る船が来るはずなのだが、中々来ないなぁ。

別にそんなに急ぐわけではないから、いいんだけどさ。

適当にぼんやりしていると、背後から声が聞こえてくる。

「おや？　貴方はガイアン殿ではありませんか？　このようなところで会うなんて、奇遇ですね」

「ん？」

僕らが振り向くと、そこにはどこかで見たことがある男が立っていた。

彼は確かアイテム士の……アイテム士の……ダメだ！　名前が思い出せない。

とっさに隣を見るが、ガイアンもいまいちピンと来ていないようだった。

ガイアンは微妙な顔で男を見る。

「お前は……確かアイテム士の……」

「そうです、ドゥグですよ。まさかこのような場所でお会いするとは思いませんでした」

あ、そうだ、ドゥグだ！

僕の後釜《あとがま》として【烈火の羽ばたき】に入った男が、そんな名前だったはず。

既に【烈火の羽ばたき】は解散しているのだが、今更こいつと再会するなんて。

そんなことを思っていると、ドゥグは僕達をジロジロと見て言う。

「こちらの方々がガイアン殿のパーティメンバーのようですが……まさか役立たずの荷物持ちを雇《やと》っているとはね」

荷物持ちとは僕のことを言っているのだろう。

その言葉を聞いたガイアンが、怒気を孕《はら》んだ声で答える。

「何が言いたいんだ？」

「いえね、自分を貴方のパーティに入れてほしいのですよ」

ガイアンが呆れたように僕を見てきたので、小さく首を横に振る。

するとガイアンは小さく頷き、口を開く。

「残念だが、お前を入れる理由がない。他所《よそ》のパーティを探してくれ！」

これ以上絡まれたくないので、僕らは移動しようとする。

だが、ドゥグは慌てて僕らの前に回り込んできた。

「ちょ……ちょっと！　待ってください。彼のような役立たずより、自分の方が遥かに優秀ですよ。ガイアン殿、そこの役立たずを外して自分を雇って下さい！」

そう言って、ドゥグは僕とガイアンを交互に見た。

僕とガイアンは揃って溜息を吐く。

「「はぁ……」」

コイツ……新聞を読んでないんだろうか？

「リュカを役立たずと言うがな……ドゥグよ、レベルは幾つだ？」

ガイアンが呆れたように尋ねると、ドゥグは胸を張って答える。

「自分は58になりましたよ。ザッシュに解雇されてから必死に鍛えてましてね」

「うん、話にならん。他を当たれ！」

「それは、どういう……」

ドゥグは心底わけが分からないという様子だ。

ゆっくり息を吐いてガイアンは言う。

「お前は三つ勘違いしている。まず一つ目、このパーティを作ったのは俺ではなく、リュカだということ。二つ目、リュカは俺よりよっぽど強いということ。更に三つ目、お前のレベルはこのパーティの誰よりも低いということ。そんな奴が入っても足手まといにしかならない。それが雇えない理由だ。だから他を当たれ」

「そんな、馬鹿な！　ならばそこの役立たずのサポーターよ！　自分と勝負しろ！」

ドゥグは僕を指差した。

シュヴァルツの時も思ったが、傲慢な性格の奴はどうしてこうすぐに勝負を挑んでくるんだ。

ぶっちゃけ、もう飽《あ》き飽きしているんだが。

僕は心底めんどくさいと思いながら言う。

「断る。時間の無駄だから」

「おやおや、臆したのですか？」

挑発の仕方までシュヴァルツと同じかよ。

すると今度はガイアンが口を開く。

「ドゥグよ、リュカに勝負を挑むというが、お前新聞は読んでいるか？」

「新聞ですか？　もちろん読んでいますよ。大事な情報源ですからね。それがどうかしましたか？」

「なら、ここ最近のビッグニュースを言ってみろ」

「……そうですね、ここ最近といえば、第四の魔王、デスゲイザーが倒されたことですかね」

その言葉を聞いたガイアンが、呆れたように言う。

「倒した者の名前は分かるか？」

「リュカ・ハーサフェイですよね？　それが何か？」

ドゥグの言葉を聞いたガイアンは僕を指差した……が、ドゥグは首を傾げながら言う。

「そのサポーターがどうかしたのですか？」

「コイツが、リュカ・ハーサフェイだ」

「ふっ、ご冗談を。そんなわけがない！　リュカという名前が同じなだけでしょう」

どうやらコイツは僕のフルネームを知らないようだ。

まぁ、直接絡んだことはほとんどないけどさ……

僕はやれやれと思いながら、ドゥグにギルドカードを見せた。

だがドゥグはそれでも納得しない。

「貴方がSランクですって？　冗談はおよしなさい！　そのギルドカードは捏造《ねつぞう》したものでしょう！」

その言葉を聞いた僕は思わず呟く。

「頭が痛くなってきた……コイツの中で、僕はどれだけ弱いんだろう？」

「リュカ兄ぃ……もう勝負を受けてあげればいいんじゃない」

ここまで黙っていたリッカがそう口にする。

その顔には呆れと苛立ちが浮かんでいた。

シンシアとクララも同じような顔をしている。

……まぁ、僕もそろそろムカついてきていたし、いいか。

「……分かった。やろう」

僕がそう言うとドゥグは笑みを浮かべ、剣を抜く。

「自分はアイテム士ですが、ソードスキルを扱う剣士でもあるのです。この魔剣アルマヒルザで貴方を――」

ドゥグが言い終えるより先に僕は剣を抜き、彼の魔剣の刀身を粉々に砕いた。

柄のみになった己の魔剣を見つめながら、ドゥグは信じられないという顔をする。

「そんな馬鹿な……自分の魔剣が……」

「まぁ、僕の剣も魔剣だからね」

僕がそう言うと、ドゥグは震えながら叫ぶ。

「嘘《うそ》を言いなさい！　貴方程度が魔剣なんて……って、そのデザイン……まさか……伝説の剣、アトランティカ……」

僕の手にある剣を見たドゥグは信じられないといった様子で呟いた。

ドゥグの言う通り、僕の剣はかつて世界を救った英雄ダン・スーガーが持っていたとされる、魔剣アトランティカだ。

アイテム士だから、剣にも詳しいんだな。

「もうこれでいいだろう？」

僕が言うと、ドゥグは震えながら声を張り上げる。

「い、いえ！　まだです！　その分不相応《ぶんふそうおう》な剣を持っていたから自分に勝てたのですね！　アトランティカがなければ、貴方などが自分に勝てるわけがない！」

ダメだ。もう言葉もない。

ここまで実力の差を見せつけられたのに、まだ自分の方が強いと思っているのか……

僕は剣をしまい、呟く。

「もう面倒くさいから……」

「おや、図星を指されて降参ですか？　それならその剣を敗者の証《あかし》として自分に渡していただきま——」

「[奈落]！」

ドゥグが最後まで言う前に、僕は[奈落]を使い、ドゥグを小さい黒い玉に閉じ込める。

[奈落]は闇《やみ》の牢獄《ろうごく》を作り出す魔法だ。

ちなみに[奈落]内の経過時間と、現実世界での経過時間のバランスは調整でき、現実世界での一日を、[奈落]内の百年にまで設定できる。

しかも球体内では現実時間分しか年を取らないので老化することもない。

「[奈落]か……今回は何日に設定するんだ？」

ガイアンの問いに答える。

「こっちで一年経ったら出られるようにするよ。ただ……こっちでの一日を、[奈落]の中では百年に設定する」

「え？　ちょっと待て！　すると？」

「[奈落]の中で三万六千五百年間過ごすことになるね」

「さすがにそれは……」

心配そうなガイアンを無視して、僕は球体を近くの海に放り込んだ。

すると、[奈落]の玉はどんどん沈んでいく。

「さすがにやりすぎじゃあ……」

そう言ったガイアンに僕は満面の笑みで言う。

「ふふ、冗談だよ！　球体の内部時間で一年、現実世界で一日で出られるようになってる。まぁ海の中で解除されるから……解除された瞬間は驚くだろうね」

「おいおい、大丈夫なのか？」

「まぁ、この辺りは水深も深くないし、さっきあいつ、レベル58って言っていたから大丈夫でしょ」

レベルが58もあれば、海の中で目覚めたって、生きて岸まで上がることくらいはなんとか出来るはずだ。

そんな話をしていると、ようやく僕らが乗る船がやってきた。

僕はスッキリした気持ちで船に乗り込み、クラウディア王国へ向かった。

第四話　激闘《げきとう》！　リュカVSザッシュ！（ついに出会ってしまった因縁《いんねん》の二人……）

サンデリア港を出て三日、僕らはクラウディア王国の港、マウロ港にたどり着いた。

僕らは船から降りて、穢れた地へ向かうことに。

リッカ曰く、『ここから歩いて二時間ちょっと経ったところに穢れがありそう』とのこと。

僕らはアミュレットの反応に従って歩きだす。

そして二時間ほどが経ち、たどり着いたのは、人気《ひとけ》のない森の前だった。

「この奥に穢れがあるんだよね」

僕がそう聞くと、リッカが頷く。

意を決して森の中へ進もうとした――その時だった。

茂みの奥から、足音が聞こえてくる。

そして姿を現したのは、あの男だった。

僕は思わず息を呑む。

「お前は……ザッシュ⁉」

「リュカ……⁉　おいおい、こんなところで会うなんてなぁー！　リュカよぉ！」

そこにいたのは【烈火の羽ばたき】時代に僕を散々こき使い、挙句にパーティから追放した男、ザッシュだった。

なぜこいつがこんなところにいるんだ⁉

今ザッシュは別のパーティで聖女候補の護衛をしているはず……

そう思っていると、ザッシュの後ろから、狼獣人《おおかみじゅうじん》と猫獣人《ねこじゅうじん》とドワーフ、そしてリッカと同じアミュレットを首に着けた人間が現れる。

やはり、こいつのパーティも穢れを浄化しに来たらしい。いや、でもアミュレットが指し示す場所は、他の候補とは被らないはず。どういうことだ？

混乱の最中、奥の茂みから更にもう一人現れた。

そこにいた人物を見て、僕は思わず声を上げる。

「君は……シオン⁉」

現れたのは、バストゥーグレシア大陸で薬草採取を行っている時に出会った少年——シオンだった。

「リュカ……さん⁉」

シオンも僕を見て、驚いているようだ。

僕は思わずシオンに問いかける。

「どうして君がザッシュなんかと？」

シオンとはそこまで長い時間一緒にいたわけではない。だがとても優しくて、気が合う人だと感じたのを覚えている。

そんなシオンが、まさかあのザッシュと一緒にいるなんて……

「おいおい、何余所見してんだよ！　リュカ！」

ザッシュはシオンと話すのを遮るように僕の前に躍《おど》り出る。

「ザッシュ……なんでそんなに突っかかってくるんだよ……」

僕が苛立ちながら口を開くと、ザッシュは煽《あお》るように言う。

「おいおい、ザッシュさんだろ。荷物係がよぉ」

「はいはい、なんですか？　ザッシュちゃん？」

「あぁ⁉」

僕も煽り返すと、ザッシュは睨んできた。

……やっぱりこの男が絡むと碌《ろく》なことがないな。

いつもみたいに適当に怒らせて、隙《すき》を見て退散しよう……そう思っていたが、その前にザッシュは彼のパーティメンバーに叫ぶ。

「おい、お前らはリュカの仲間をやれ！」

「えっ、で、でも……」

聖女候補のアミュレットを首に掛けた女性が躊躇《ためら》いながらそう言うが、ザッシュは聞く耳を持たない。

「いいから行けぇ！」

その言葉を合図に、狼獣人はガイアンに、猫獣人はリッカに、聖女候補とドワーフはシンシアとクララにそれぞれ向かっていく。

くそ、転移で逃げられないよう分断しようって腹か！

ザッシュの仲間達の魔力を見るに、皆が負けることは万が一にもないだろうけど、個人的なゴタゴタに巻き込んでしまったことは申し訳ないや。

そんなふうに思っていると、鞘《さや》にしまった魔剣アトランティカが念話で話しかけてくる。

《相棒《あいぼう》、あの男からただならぬ気配がする！　気を付けろよ》

聖剣や魔剣などの特別な武器は、使い込んで心を通わせれば、会話出来るようになるのだ。

また、一つでも聖剣や魔剣の声を聞くことが出来る者は、他の剣の声も聞けるようになる。

僕は頷き、剣を抜いて油断なく構える。

《そうだね……ザッシュから邪悪なオーラが噴《ふ》き出しているのが分かるよ》

アトランティカの言う通り、今のザッシュはこれまでとは少し違うようだ。

先ほどこっそり相手の力やスキルを知る［鑑定］スキルを使ってみたのだが、ザッシュの情報は得られなかった。

［鑑定］はレベルの近い相手には効果を発揮しない。

つまり、どうやったかは知らないが、今のザッシュは僕と同じくらい強くなっているのだろう。

更に、その身に纏う魔力も、これまでとは比べ物にならないほど大きい。

そんなことを考えていると、ザッシュも剣を鞘から抜き、斬り掛かってきた。

僕はアトランティカでザッシュの剣を受け止める。

その瞬間、体から力が徐々に抜けていく。

アトランティカが叫ぶ。

《まずいぞ相棒！　奴の剣は魔剣ブラドノーヴァだ！　打ち合うのは極力避けるんだ！》

僕はアトランティカの指示に従い、ザッシュから距離を取る。

そして［ソニックブレスト］を連続で放つ。

しかしそれらは易々《やすやす》と薙《な》ぎ払われてしまう。

《ブラドノーヴァってどんな武器なの？》

僕は［ソニックブレスト］を放ち続けながら、アトランティカに尋ねる。

《ブラドノーヴァは上位の魔剣で、魔力を喰らうという性質を持つ》

なるほど、先ほど力が抜けたのは魔力を吸われていたからか。

［ソニックブレスト］も魔力を飛ばす技だから、あんなに簡単に薙ぎ払われてしまったんだな。

じゃあ、属性のある魔法ならどうだ！

今度は火属性魔法を使い火球を生み出し、ザッシュに向けて放つ。

ザッシュは迫りくる火球目掛けて剣を振るう。

すると火球は割れ、更に炎の一部が刀身に吸収されていく。

……直接触れても魔力を吸われるし、遠距離魔法も吸収されてしまう、と。

中々厄介だな。

ザッシュは一瞬で距離を詰め、再び斬りかかってくる。

僕は奴の剣に触れないよう攻撃を躱すが……攻め手がない！

くそ、この状況を打開するには……そうだ！

僕は転移魔法でザッシュから少し離れたところに移動する。

そしてアトランティカに光属性の魔法を纏わせた。

すると、アトランティカが声を掛けてくる。

《光魔法を刀身に纏わせたわけか。ブラドノーヴァの力を無力化出来る確証はないが、試す価値はあるな》

魔剣の多くは魔の力を宿しているが、光属性はそれを中和する性質を持つのだ。

《そう言ってもらえて良かったよ。ちなみに、アトランティカも魔剣だけど、光魔法を纏わせても

大丈夫だよね？》

《無論、オレは邪悪な力を宿しているわけではないからな！》

《それは良かった！》

今度は僕から斬り掛かる。

ザッシュの魔剣とアトランティカが触れるが、今度は力が抜けないぞ。

よし、これならいける！

僕は剣による連撃を仕掛ける。

ザッシュはなんとか捌《さば》いているが、押しているのは僕の方。

少しずつザッシュの体に傷が刻まれていく。

ザッシュは怒りを孕んだ声で言う。

「なぜだ!?　なぜ急にリュカの攻撃が勢いを増した!?」

「それは簡単だよ、ザッシュより僕の方が遥かに強いからだ！」

「なんだと!?　さっきまで逃げ回っていた癖《くせ》に！」

「ザッシュの持つ魔剣の特性を警戒していただけだ。対処法さえ分かれば楽勝さ！」

それからしばらく打ち合いが続いたのだが——突如、ザッシュの体が光を纏う。

急にザッシュの力が強くなったのを感じる。

「これはなんだ……まさか魔剣と同調し始めたとか？」

僕の声にアトランティカが反応する。

《違う！　奴は支援魔法をかけられている！》

「支援魔法？」

僕は、ザッシュの背後に視線を遣《や》る。

するとそこにはザッシュに支援魔法を掛けるシオンの姿があった。

そうか、そういえばここにはシオンもいるんだった。

シオンとは過去に少しだけ一緒に戦ったことがあるが、彼の魔法の腕は間違いなく一流だった。

「ザッシュよりシオンの方が厄介だな！」

僕が思わずそう叫ぶと、ザッシュが吠える。

「なんだと!?　俺がシオンより劣るとでも言いたいのか!?」

苛立ちのあまり、ザッシュの剣技が大振りで隙の多いものばかりになる。

……すぐに頭に血が上る性格は変わっていないな。

それなら！

「ザッシュなんてシオンに支援魔法を掛けてもらわなきゃただの雑魚《ざこ》なんだよ。まさか一人で僕に勝てると本気で思っていたのか？」

僕は目いっぱい馬鹿にした口調で、そう言った。

するとザッシュは案の定、顔を真っ赤にする。

「なんだと、リュカの癖に！　おいシオン！　俺は良いから他の奴らのサポートをしろ！　こんな奴、俺一人で十分だ」

「で、でも……」

ザッシュは逡巡《しゅんじゅん》するシオンを怒鳴りつける。

「俺が負けるはずがないだろう！　さっさと行け！」

その言葉を聞いたシオンは心配そうな顔をしながらも、この場から離れた。

僕はニヤリと笑う。

よし、これでやりやすくなるぞ！

もっともシオンを野放しにはしたくないから、さっさとコイツを倒さなきゃだけどな。

◆　◆　◆　◆

僕、シオンはザッシュさんに言われた通り、皆の支援に向かった。

本当はザッシュさんが一番心配だったのだが、あれだけ言われたら引き下がるしかない。

僕がまず向かうのは、狼獣人のグレンさんのところだった。

グレンさんと戦っているのは、格闘士と思しき、筋肉ムキムキの人。

二人は拳を武器に激しく殴り合っている。

「獣人とやるのは初めてだが、中々やるな！」

格闘士の男が愉快そうに笑いながら言うと、グレンさんが答える。

「きさんじゃも、げきてるとわごうらぐんがなか！」

格闘士の男は首を傾げる。

「何を言っているんだ？　すまんが言葉が全く理解出来ないぞ」

……まぁ、グレンさんはゲルギグス大陸の出身で、訛《なま》りが酷《ひど》いからなぁ……

そんなことを思っていると、格闘士の男が呟く。

「ふっ、なるほど、アンタほどの筋肉の持ち主《ぬし》なら、言葉は不要ということか」

そう言って彼は服を脱ぎ、上半身裸になった。

そして気合とともに筋肉を震わせて、グレンさんに見せつけるように胸をビクビクと動かしている。

この人、戦っている最中に何をしているんだ……

だが、グレンさんも上半身裸になってポーズを取り、格闘士の人と同じように筋肉を震わせる。

そうして五分くらい互いに筋肉を震わせると、二人は歩みより固い握手を交わし、戦いを止めた。

僕は呟く。

「……なんだったんだろう、今の時間は？」

まぁ、この様子ならグレンさんに手助けは必要なさそうなので、他のメンバーの元へ行くか。

次に僕は、猫獣人の女性——ミーヤさんの元に行った。

ミーヤさんと戦っているのは、アミュレットを首に掛けた女性だ。

彼女が向こうのパーティの聖女候補か。

ミーヤさんは彼女が放つ魔法に苦戦していた。

今も魔法を躱し切れず、被弾してしまった。

僕はミーヤさんと聖女候補の間に巨大な結界を展開。

更にミーヤさんに近寄り回復魔法を掛けた。

向こうの聖女候補は不機嫌《ふきげん》そうな声を上げる。

「ちょっと！　邪魔《じゃま》しないでよ！」

そして、複数の攻撃魔法を放ってくる。

結界にはかなりの魔力を込めたから、そう簡単に壊れることはないはずだ。

すると、ミーヤさんが口を開く。

「シオン、私はもう十分回復できたにゃ。他の人のところに行ってあげてほしいにゃ！」

「ですが……」

悩んでいると、脳内に声が響く。

僕の持つ聖杖《せいじょう》――クルシェスラーファが語りかけてきたのだ。

《シオン、向こうの子が持っている武器、私の姉妹武器である聖剣シャンゼリオンよ！》

《聖剣シャンゼリオンって、勇者にしか扱えない伝説の武器だよね？　つまりあの子は勇者ってこと!?》

僕は驚きながら［鑑定］を使って聖女候補を見ようとする。

だが、彼女には弾かれてしまう。

すると、聖女候補は僕を睨みつけてくる。

「人のステータスを勝手に見ようとするんじゃないわよ、エッチ！」

エッ、エッチ⁉　そんなつもりじゃないのに⁉

「ちょ、ちょっと待って下さい！　ミーヤさんのようなプロポーションならともかく、貴女の体にはなんの興味もありませんよ！」

僕は慌てながらそう言うが、なぜか聖女候補は攻撃を激化《げきか》させてくる。

「はぁ⁉　それはそれでムカつくんだけど！」

「なんで⁉」

マズい――

壊れないと思っていた結界が、徐々にひび割れ、砕けた。

聖女候補が僕に迫り、刀を振るおうとしてくる。

そう思った瞬間、ミーヤさんが僕と聖女候補の間に入り、攻撃を防いでくれた。

ミーヤさんはこちらを見ずに言う。

「シオン、こっちはもういいから、早く他のところに行くにゃ！」

「で、でもっ」

「いいから行くにゃ⁉　シオンがいる方が逆効果にゃ」

ミーヤさんはそう言って、聖女候補に視線を遣る。

確かにこの人は明らかに僕に怒っているようだし……

「……すみません！　お願いします」

そう言うと、ミーヤさんはニヤリと笑う。

「私をそういう目で見ていたことについては、この戦いが終わったらじっくりと聞かせてもらうにゃよ！」

自分がとんでもないことを口にしたことに気付き、顔が熱を持つ。

僕はそれを誤魔化すように駆けだした。


ミーヤさんの元から離れ二分ほどで、こちら側の聖女候補であるアネットことアントワネットさんと、ドワーフの女性のレグリーさんの元にたどり着く。

レグリーさんは大きな盾を主武器とする壁役だし、アネットさんは攻撃魔法があまり得意ではない。

だが、向こうの女の子二人も、レグリーさんの防御を突破する手段がない様子。

両者ともに攻撃手段が欠けているため、膠着《こうちゃく》状態に陥《おちい》っているようだ。

僕はレグリーさんとアネットさんの隣に行き、杖を構えた。

「加勢します」

しかし、アネットさんは首を横に振る。

「ここは私達で十分です。それに、シオンさんが加わっても戦況はあまり変わらないと思いますし」

「なっ⁉」

……いやまぁ、確かにアネットさんの言う通り、僕は呪いのせいで今の状態だと攻撃魔法は使えないし、攻撃力を上げる支援魔法も、相手の防御力を上回るほどの効果はないだろう。

だから決め手に欠けるこの状況じゃそんなに役に立たないかもしれないけど……

アントワネットさんに悪気はなかったのだろうが、少しショックだ。

そんなことを思っていると、ザッシュさんの方向から大きな魔力を感じた。

これは、ザッシュさんに何かが起きている？

同じくその反応を感知したのだろう。レグリーさんが言う。

「貴方はザッシュのところに行って。ここは私達でなんとか喰い止めるから！」

僕は少し考えて頷く。

「分かりました。でも一応支援魔法だけ掛けておきます。少しですが攻撃力が上がるはずです！」

僕は二人に支援魔法を掛けると、再度ザッシュさんの元に向かったのだった。

◇　◇　◇　◇

僕、リュカは目の前で膝を突くザッシュを見つめている。

ようやく彼を追い詰めた。

よし！　これで終わりだ！

止《とど》めの一撃を食らわせようとした時、ザッシュが大声で叫ぶ。

「リュカ風情《ふぜい》がこの俺より強いだと!?　ふざけるなぁぁぁぁぁぁーー!」

その瞬間、魔剣ブラドノーヴァの刀身が赤黒く光りだした。

更に刀身から血液のようなものが大量に噴き出し、ザッシュの体に纏わり付いて、赤黒い鎧《よろい》へと変貌《へんぼう》する。

僕はザッシュから距離を取り、アトランティカに尋ねる。

《まさかザッシュの奴……覚醒《かくせい》したのか?》

覚醒とは、聖剣や魔剣などの特別な武器の力を身に宿した状態のこと。

本来は剣を使いこなし、心を通わせねば、この状態にはなれないはず。

だが、アトランティカの声がザッシュに聞こえている様子はない。

すると、アトランティカが疑問に答えてくれる。

《あれは覚醒じゃない。ブラドノーヴァの固有能力だ。ブラドノーヴァは倒した者の血を喰らい、蓄《たくわ》えるんだが、その喰らった血液を操ることが出来るんだ》

《なるほどね。つまりザッシュは血を纏わせて防御力を強化したってことか》

その話を聞いて、僕は一安心する。

よもやそんな通常状態の能力が、覚醒より強いこともあるまい。

僕は起き上がったザッシュに再度接近し、剣で攻撃を仕掛ける。

予想していた通り、僕の優位は変わらない。

いくら鎧で防御力を高めようと、剣の腕が上がるわけではないからね。

だが先ほどまでとは違い、僕の攻撃は鎧に阻まれ、ザッシュへのダメージにはなっていないようだ。

それを察知したザッシュは邪悪な笑みを浮かべる。

恐らくザッシュは捨て身で来る……ならば！

僕は攻撃の手数を減らし、代わりに一撃一撃の威力を高めることに注力する。

狙いは体ではなく、ザッシュの魔剣そのものだ。

魔剣を弾き飛ばしてやる！

僕は力を込め、ザッシュの魔剣に向けてアトランティカを振るい続ける。

何度目かの打ち合いの末、一瞬の隙が生まれる。

ここだ！

僕は奴の手にある魔剣めがけて切り上げを放つ。

すると、魔剣はザッシュの手を離れ、宙を舞う。

その瞬間、ザッシュが纏っていた赤黒い鎧が消失した。

「なっ、何⁉」

ザッシュは慌《あわ》てている様子。

僕は笑みを浮かべる。

「魔剣の能力は、使用者の手から離れれば解除されるんだよっ！」

僕はそう言って丸腰のザッシュの腹めがけて蹴《け》りを放つ。

ザッシュは何度も地面をバウンドし、やがて動かなくなった。

よし、気絶したようだな。

僕は息を一つ吐く。

「ふぅ……」

まさか、こんなところでザッシュに襲われるなんてね。

これまでも絡まれることは何度かあって、その度のらりくらりと躱してきた。

でもこれからはそうもいかないな。

そんなふうに考えながら、ザッシュに近づこうとすると、突如地面から黒色の鎖《くさり》が現れ拘束されてしまう。

これは、闇魔法の［闇鎖《あんさ》］!?

驚いて周囲を見ると……シオン、戻ってきていたのか！

「ザッシュさん、今回復させます！」

シオンはそう言って、ザッシュに駆け寄ろうとする。

させるか！

僕は魔法を強制的に解除する［ディスペル］を使い拘束を解除。

「なっ、僕の闇魔法をそんな簡単に解除するなんて……」

シオンの言葉を無視し、彼の元へと駆け出す。

そして、命を奪わない程度の力で剣を振り下ろす。

だが、シオンは杖で僕の剣を受け止めた。

鍔迫《つばぜ》り合いを演じながら、僕は言う。

「シオン、聞いてくれ！　ザッシュは自分の欲望のためなら手段を選ばない邪悪な人間だ。僕もかつて酷い目にあわされたことがある。奴の味方をするのは止めるんだ！」

しかし、彼は言い返してくる。

「リュカさんとザッシュさんの過去は知りません。でもザッシュさんはパーティを追い出された僕を受け入れてくれて、悩みだって聞いてくれた。僕にとっては恩人なんです！」

「ザッシュはいつか君を裏切る！　あいつはそういう奴なんだよ！」

「でも今は頼ってくれている。そんな人を見捨てるようなことは出来ません！」

シオンはそう言うと、杖を大きく振るい、僕を突き飛ばした。

……やはり、ザッシュの味方をするんだな。

彼自身はきっと良い奴だ。

だが、ザッシュを助けるなら倒さなくてはならない！

僕は改めてアトランティカを構えなおす。

すると、シオンは口を開く。

「リュカさん……僕は貴方と初めて会った時、この人となら仲良く出来ると思いました。だけど、ザッシュさんを襲うと言うなら、僕は貴方を敵とみなします」

すると、彼の体が光り、強大な魔力が吹き荒れた。

これは紛《まぎ》れもなく覚醒だ！

そう思った瞬間、大量の光の槍が、僕めがけて高速で降り注ぐ。

なんとか反応し数本は叩き落としたが、そのうちの一本が腹に突き刺さり、吹き飛ばされる。

僕は痛みに顔を顰《しか》めながらも刺さった槍を抜き、自身に回復魔法を使う。

なんとか傷は塞がったが、その隙にシオンが接近してきたようで、杖が突きつけられる。

「リュカさん……形勢は逆転しました。僕は貴方の命を奪いたくありません。降参していただけませんか？」

その言葉に僕は、小さく笑う。

「随分と強気だね」

「えぇ。この状態なら、リュカさんにだって負けませんから」

「まさか覚醒を使えるのが自分だけだと思ってるのかな？」

僕がそう言うと、シオンは動揺する。

「ま……まさか⁉　リュカさんも覚醒を⁉」

「見せてあげるよ……僕の覚醒をね！」

そう言って、僕は魔力を放出させる。

「これで条件は同じだね」

僕はそう言い、浮遊魔法で空に浮かんだ。

シオンも僕と同じ高さまで飛んできて言う。

「絶対に負けません！」

さぁ！　ここからが本当の戦いだ！

第五話　真の覚醒・前編（さて、誰でしょう？）

「「ウオォォォォォォォォォォォ!!」」

僕とシオンは空中で叫びながら、互いに極大魔法を放つ準備をしていた。

僕は手を向け唱える。

「エンシェントノヴァ！」

シオンも同じように唱える。

「エンシェントフレア！」

二つの魔法が激突し、周囲に爆風が吹き荒れる。

その最中、シオンは下で戦う仲間達の元に転移した。

そして仲間達を、未《いま》だ気を失うザッシュの元に一瞬で移動させる。

転移魔法まで使えるのか。

「皆はザッシュさんを安全な場所に！」

シオンは仲間に声を掛けると、再び僕の前に戻ってくる。

シオンの仲間達は気を失ったザッシュを抱え、撤退していく。

ガイアンやリッカ達は彼らを追いかけようとするが、シオンが進路を塞ぐように光の槍を落とす。

「ザッシュさんを追うなら、貴方達から相手してあげますよ」

「分かったよ。皆はそこにいて。シオンは僕が倒すから」

僕はそう言って［闇鎖］を放つが、シオンはそれをあっさりと消し飛ばした。

「無駄ですよ。僕だって闇魔法を使えるんですから」

ならばと思い僕は極大氷系魔法の［アブソリュート］を放った。

巨大な氷のつららがシオンに迫るが、彼も［アブソリュート］を使う。

双方のつららが砕ける。

空中に美しい氷片が舞った。

僕は思わず呟く。

「ここまでとはね……」

すると、アトランティカが言う。

《奴の杖はクルシェスラーファだ！　魔法戦なら、あれ以上の武器はないぞ！》

クルシェスラーファ……英雄ダンの妻であり、パーティメンバーでもあったクリアベールが持っていた杖か。

なるほど、道理でシオンの魔法は強力なわけだ。

その言葉を聞いた僕は息を吸い、精神を集中させる。

《リュカ、アレをやる気か？》

アトランティカの問いに僕は頷く。

《うん。通常の魔法攻撃だと埒《らち》が明かないからね。全力で行くよ！》

僕はシオンから距離を取り、口を開く。

「行くよ、シオン……」

そう言って両手に魔力を集中させていく。

その様子を見たシオンが呟いた。

「右手にエンシェントノヴァ……左手にアブソリュート……もしかして、複合統一魔法!?」

シオンの言う通り、僕がこれから使うのは、複数の魔法を組み合わせ、より強力にした魔法——複合統一魔法だ。

これまでは初級魔法同士を組み合わせていたけど、今回は極大魔法を使う。

シオンはとっさに自身の前方に守護結界を展開する。

だが、そんなものはお構いなしだ。

僕はシオンに向けて叫ぶ。

「［ブレイズ・エグゼキューショナー］！」

僕の掌から炎を纏った氷の槍が現れ、シオンに向かって飛んでいく。

それはシオンの守護結界とぶつかり、激しく火花を散らす。

徐々に守護結界にひびが入っていく。

「くっ！」

シオンは苦し気な声を上げると、上方に飛び上がる。

すると守護結界が砕け、槍がシオンの後方に広がる平原に着弾。

瞬間、大爆発が起こる。

その様子を見てシオンは呟く。

「ぼ……僕の守護結界が砕かれるなんて……」

僕は両手に魔力を込めつつ言う。

「良く躱したね……だけど、次は当てるよ？」

◆　◆　◆　◆

爆発の衝撃により、仲間に運ばれていたザッシュが目を覚ます。

「俺は……ここで何をしているんだ？」

「ザッシュ、起きたのかにゃ！　見るにゃ！　シオンがアンタを守るために戦っているにゃよ！」

ミーヤが指差した方向、空中にはシオンとリュカの姿があった。

二人は強大な魔法を使いながら、激闘を繰り広げている。

その様子を見たザッシュは、拳を握りしめた。

「俺はリュカなんかに負けたというのか！　そして気絶した俺を守るために、シオンが戦っている……俺はリュカにもシオンにも劣るってのか!?　馬鹿な！　ありえない！」
ザッシュの思考が怒りと嘆《なげ》きに支配された瞬間、彼の脳内に声が響く。
声の主は彼の手元にある魔剣、ブラドノーヴァである。
《グッフッフ……悔しいか、人間よ？》
《なっ、なんだこの声は!?　誰が話しかけている!?》
ザッシュは周囲を見回すが、口を開いている者はいない。
《我が名はブラドノーヴァ……お前が手にしていた魔剣だ》
《ま、魔剣の声なんて初めて聞いたぞ！　本当にお前が喋っているのか!?》
ザッシュは脳内に響く声にそう答えた。
ブラドノーヴァが答える。
《お前は今まで復讐に駆られてばかりで、我が声を聞こうとはしなかっただろう？　だが、あの男に敗北し、強くなりたいと心底願ったはずだ。その時に我と意識が同化したのだ》
ザッシュは自棄《やけ》になり、心の中で叫ぶ。
《それを伝えるためにわざわざ声を掛けてきたのか！　ふざけるな！》
すると、ブラドノーヴァは笑う。
《焦るな人間よ……我の力をお前に貸してやろう。だが、必要なものがある。お前にはそれを用意してもらいたい》

ザッシュは息を呑み、聞く。
《……俺は、何をすれば良い？》
《我は血と命によって強くなる魔剣だ。貴様の仲間達の命を我に捧《ささ》げよ！　さすればお前は途轍《とてつ》もなく強大な力を得られるはずだ》
ブラドノーヴァの想定外の提案に、ザッシュは顔を上げた。
目の前には、戦いの余波から自分を庇《かば》う仲間達がいる。
《奴らは……俺の仲間だぞ！》
ザッシュはそう叫ぶが、ブラドノーヴァは甘い声で言う。
《貴様は仲間への情なんて持ち合わせていないだろう？　それに奴らは元々金で買った奴隷《どれい》。その命をどう使おうと、お前の自由のはずだ。奴らの命を我に与えたら、貴様は間違いなくあのリュカとかいう男よりも強くなれるぞ……》
リュカよりも強くなれる。
それは今のザッシュには、最も魅力的な言葉だった。
ザッシュは虚《うつ》ろな目をして呟く。
《……奴らの命を犠牲《ぎせい》にすれば、俺はリュカより強くなれるのか？》
《約束しよう……さぁ、我を手に取り我が名を叫べ！》
ザッシュは魔剣ブラドノーヴァを掴む。
そしてそれを真上に掲《かか》げて叫ぶ。

「魔剣ブラドノーヴァよ、俺に力を貸せ！」

その時、ザッシュの魔剣から赤黒い光があふれた。

◇　◇　◇　◇

僕、リュカはシオンと戦っている最中、突然叫び声を聞いた。

僕とシオンはほとんど同時に声のする方を見る。

そこには、剣を天に向かって掲げるザッシュの姿があった。

「ザッシュさん……良かった、目を覚《さ》ましたんですね」

シオンはそう言って笑みを浮かべた。

だが、その喜びも束の間、ザッシュは目の前にいた狼獣人と猫獣人に突然斬りかかる。

更に少し離れたところにいるドワーフの女の体を貫き、最後に聖女候補を正面から叩き斬った。

斬られた者達はあまりにも突然のことに何も反応出来ず、驚愕《きょうがく》の表情を浮かべたまま倒れる。

そして、その体はピクリとも動かなくなってしまう。

「ザ、ザッシュさん……？　一体何を……!?」

シオンは混乱しているようだ。

僕にもザッシュの意図は分からない。

彼らはザッシュの仲間だったはず。なのになぜ突然あんなことをしたのか。

すると、ザッシュの手の中で魔剣が光り輝く。

ザッシュの体に邪悪な魔力が大量に宿っていく。

魔力の質は、魔王であるデスゲイザーにそっくりだ。

アトランティカが言う。

《相棒！　今あの男はブラドノーヴァと完全に同調したぞ》

アトランティカの言葉が確かなら、ザッシュは魔剣ブラドノーヴァの力を完全に使いこなせるようになっている。

僕は一旦疑問を棚上げして、気を引き締める。

「これは良い気分だ……この力なら……ん？」

そう呟いたザッシュは奴の前方にいたリッカに目を付けた。

そして次の瞬間、ザッシュはブラドノーヴァを構えてリッカに突っ込んでいった。

リッカはとっさに覚醒を使い、ザッシュと自身の間に強力な神聖結界を張る。

だがザッシュはあっさりとそれを砕き、その勢いのままリッカに肉薄《にくはく》。

そして剣を振り下ろした。

リッカはシャンゼリオンで防いだが、見るからに押されている。

リッカの隣にいたガイアンとシンシアはすぐに、ザッシュに攻撃を仕掛けようと動く。

だが、ブラドノーヴァから発せられた魔力によって吹き飛ばされてしまう。

後方にいたクララはなんとか魔法を放ったが、それは奴の体に触れた瞬間にかき消えた。

ザッシュはクララを見つめて言う。

「死に急がなくても、この女を殺したら……次はお前を殺してやるよ！」

クララはザッシュの目を見て、へたり込んでしまった。

ザッシュはもう一度剣を構え直し、今度は下から切り上げる。

リッカはそれを必死にガードしたが、体は泳ぐ。

ザッシュは今度はお腹目掛けて振りかぶる。

だが、僕は転移でザッシュの懐に移動し、ザッシュを蹴り飛ばした。

危ない！　間一髪《かんいっぱつ》だった！

僕はザッシュの方を見ながら、アトランティカに問いかける。

《あのザッシュを相手に、どう戦えばいい？》

《今の奴は魔王と同等か、それ以上の力を秘めている！　魔力を消耗《しょうもう》したこの状態で、一人で戦うのは無理だ！》

『一人で』、という言葉を聞いて、僕はシオンがいるはずの空を見た。

だがシオンは既にそこにいない。

彼は地面に降り、倒れた仲間に回復魔法を施《ほどこ》していた。

「皆……死んじゃダメだ！　僕が……助けないと……」

シオンの懸命な処置《しょち》も虚しく、仲間達は誰一人として反応を見せない。

僕は叫ぶ。

「シオン、お願いだ！　今だけはザッシュを止めるために力を貸してくれ！　このままじゃもっと被害が増える！　君の仲間は、恐らくもう……」

シオンは僕の言葉に反応せず、涙を流しながら回復魔法をかけ続けている。

くそっ、冷静な判断力を失っているな！

僕は仕方なくリッカの隣に行くと、剣を構え叫ぶ。

「リッカ！　一緒に戦ってくれ！　ガイアンはシンシアとクララを連れてこの場を離れろ！」

すると、吹き飛ばされて転がっていたガイアンが起き上がって言う。

「俺も一緒に戦う――」

「いや、ガイアンはシンシアとクララを守ってあげてくれ！」

この戦いで生じる衝撃波すら、シンシアとクララを傷付けかねない。

ガイアンは迷いながらも頷いてくれた。

「……くっ、分かった！」

そしてガイアンは気を失っているシンシアと、呆然《ぼうぜん》自失状態のクララを抱き抱えて離れていった。

それを横目に、リッカが話しかけてくる。

「リュカ兄ぃ、アイツの強さをどう見る？」

「きっとこの前戦った魔王デスゲイザーより厄介だ。リッカも危険を感じたらすぐに逃げてくれ」

僕が真剣な表情でそう言うと、リッカは神妙《しんみょう》な面持《おもも》ちで頷く。

「分かった。でもそれまではリュカ兄ぃの手伝いをするね！」

そして、リッカは詠唱を始める。

その瞬間、彼女の青い髪が水色に光り出す。

聖女の力を全力で使っている証拠だ。

ザッシュが吹き飛ばされた方を見ると、奴は既に立ち上がっていた。

僕は駆けだす。

「行くぞ、ザッシュ！」

ザッシュも吠える。

「リュカァ！」

そして僕とザッシュは激しく打ち合い始める。

ザッシュの反応速度や力は、先ほどまでとは比べ物にならないほど上がっている。

更に光魔法を剣に纏わせているにもかかわらず、剣を打ち合う度に、少しずつ魔力が吸われていく。

魔剣の性能まで上がっているのか……。

だが、僕の真の狙いはこの打ち合いでザッシュを倒すことではない。

背後から膨大な魔力を感じ、僕は全力で横に飛ぶ。

リッカが叫ぶ。

「［光の聖剣・クルセイダーズ］！」

瞬間、空中に突如として現れた大量の光の剣が、次々とザッシュに向かって飛翔する。

だが、ザッシュが魔剣を振るうと、それらは全て魔剣に呑み込まれてしまう。

僕は思わず呟く。

「まさかこんなことが……光属性の魔法が魔剣に無効化されるなんて……」

するとザッシュが、勝ち誇ったように笑みを浮かべる。

「どうしたリュカ……貴様の力はその程度か！」

くそ、言ってくれる……だが、魔法が効かないのはかなり厄介だ。

……そうなると、アレを使うしかないか。

僕は一度覚醒を解除する。

リッカは僕の意図を察して、僕から距離を取った。

ザッシュが口を開く。

「どうしたリュカよ？　もう打つ手なしか？」

僕は奴の言葉を無視し、目を閉じて意識を集中させた。

そして――目を開ける。

「リュカ……なんだそれは⁉」

「これが僕の、もう一つの覚醒だ！」

僕の全身は黄金に光り輝いている。

これこそが、魔王を倒した後の鍛錬で身に付けたもう一つの覚醒。

先ほどまでの覚醒は魔力の強化を重視したものだったが、こちらの覚醒では身体機能がより強化される。

魔力が吸収されるなら、直接攻撃で仕留めればいいってことだ。

「ふん、何をするかと思えば、ただ金色の魔力が出ているだけじゃねえか！」

確かに見た目上の変化はザッシュの言う通り、それだけだ。

僕はアトランティカに魔力を纏わせ攻撃を仕掛けた。

ザッシュはそれを魔剣で受け止める。

その瞬間、周囲に強烈な衝撃が広がり、地面が割れた。

「くっ、リュカの攻撃が……重い！」

僕は再度力を込め、ザッシュの魔剣めがけて渾身《こんしん》の一撃を振り下ろす。

ザッシュはそれをなんとか受け止めるが、表情には焦りが見える。

だが、僕も余裕があるわけではない。

今の一撃は奴の剣を砕くつもりで振るったのだ。

やはり、ザッシュ本人を叩くしかないのか。

僕は限界まで肉体を強化し、あらゆる角度から斬りつける。

いかにブラドノーヴァの力を得たザッシュであっても、僕の動きには反応出来ていない。

あっという間に奴の体はボロボロになった。

だが、ザッシュの体に刻まれた傷は、たちどころに治ってしまった。

クソッ、これも魔剣の力か⁉

僕は内心舌打ちしながらも、攻撃の手は緩めない。

肉体の強化を優先するということは、光属性の魔力での強化が弱まるということ。

奴の剣に触れる度に全身の魔力がドンドン吸われていくが、構わず剣を振るい続ける。

「ぐっ、ぐぁぁ、リュカァァ！」

剣を振るい続けながら、そんなふうに呻《うめ》くザッシュの体を見ると、傷の全てが治っているわけではないのが分かる。

僕の攻撃速度が体の再生スピードを上回っているのだ。

このまま押し切る！

僕は魔力の全てを身体強化に費《つい》やし、ザッシュに連撃を仕掛ける。

ザッシュはなんとか致命傷だけは避けようと、ガードに力を割いているようだ。

僕は限界まで強化した力を全て込めて、斬り上げる。

ザッシュの剣を弾き飛ばすことはできなかったが、奴のガードを解くには十分。

僕は決着を確信し、アトランティカを振り下ろした――はずだった。

刃がザッシュに触れる瞬間、僕の体が纏う光が急速に小さくなっていく。

アトランティカはザッシュの防具に弾かれた。

マズい!?　魔力切れ!?

そう思った瞬間、ザッシュは邪悪な笑みを浮かべ、僕の胴体に拳を叩き込む。

僕はガードすることも出来ず、そのまま吹っ飛ばされた。

地面を転がり、起き上がることも出来ず蹲る。

くそっ！　覚醒状態の継続時間がここまで短いなんて。

心の中で悪態《あくたい》をつくが、無理もないか。

最初にザッシュと戦った時点で魔力を吸われていたし、続くシオンとの戦いでは極大魔法を放ち続けていた。

更に身体強化の覚醒は魔力消費が激しい。

その中で魔力を吸われながら攻撃し続けたせいで、思ったよりも早く魔力を使い切ってしまったのだ。

「どうした、リュカ？　もう終わりなのか？」

ザッシュは嗜虐的《しぎゃくてき》な笑みを浮かべながら、こちらに近づいてくる。

僕はなんとか起き上がって剣を構えるが、正直言って打つ手はない。

魔力はほとんどなく、体力も尽きかけている。

それに対して、奴は既に体の傷を完治させている。

ザッシュは僕に近づくと、剣を振るう。

アトランティカを弾き飛ばされた。

そしてザッシュは僕を殴りつけて地面に倒すと、魔剣ブラドノーヴァを肩に突き立てた。

僕は思わず叫ぶ。

「あっ、ぐっ、ぐぁぁぁ！」

「どうだリュカ？　痛いか……？　だがな、俺が味わった苦しみはこんなものじゃねえぞ！」

そう言って肩から剣を抜き、再び振るおうとする、瞬間――

リッカが背後からザッシュに斬り掛かった。

だが奴は、左腕であっさりとその攻撃をガード。

そしてリッカの腹をぶん殴り、腕を掴んで地面に叩き付けた。

「邪魔をするな……と、コイツはお前の妹だったか？」

ザッシュは地面に倒れるリッカを見て、そう言った。

僕は思わず叫ぶ。

「やめろザッシュ！　リッカには手を出すな！」

「ようやく……良い声が聞けたな。リュカよ、そこで妹が死ぬところを見ていろ」

「やめろーーーーー！」

僕の言葉を無視し、ザッシュは剣を構える。

そして、立ち上がってなんとかその場を離脱しようとしているリッカの背中を斬りつけた。

リッカは地面に倒れる。

ザッシュは倒れたリッカに近づいて言う。

「ちっ、下手に動くから仕留めそこなったじゃねえか」

そう言ってリッカに近づき、再び剣を構えたその瞬間、ザッシュは吹き飛んだ。

周囲を見ると、シオンが泣きながらザッシュに魔法を放ったのだと分かる。

しかし、その攻撃でシオンの魔力が尽きたようで、彼は気を失って倒れてしまう。

ありがとう、シオン。君が作ってくれた時間でリッカを救える！

僕はリッカに駆け寄って残り少ない魔力を絞りだし、回復魔法を掛ける……がリッカの傷は中々塞がらない。

「なんで……リッカの怪我が治らない！」

何度も回復魔法を掛けるが、リッカの体から流れる血が止まることはない。

くそっ！　呪いのような効果が掛かっているのか⁉

「なら、［カーズナル］！」

次は呪い効果を打ち消す魔法を放った。

だが、それでもリッカの傷は治らない。

僕は彼女の傷口に手を当てながら、呪いを解除する魔法と回復魔法を放ち続けた。

だけど……リッカの怪我は治らなかった。

「うわぁぁぁぁぁぁぁぁ！」

涙を流しながら尚も魔法を掛け続ける。

やがて、後方から声が聞こえた。

「シオン、邪魔しやがって。後でお前も始末してやる！　だがまずは……」

ザッシュは瞬時に前に現れると、僕を蹴り飛ばす。

そしてリッカの頭を掴んで持ち上げると、魔剣ブラドノーヴァでその体を貫く。

「リッカーーーーーー!!」

「良いなぁ……その叫び声！　それだよ！　お前のその声が聞きたかったんだ！」

「ザッシュ……貴様、殺してやる……」

僕は無我夢中で起き上がり、ザッシュを攻撃する。

しかし全く通じない。

ザッシュはリッカを離すと、今度は僕の首を掴んで持ち上げた。

「妹が死んでもこの程度の力しか出せねぇのか？」

ザッシュの言葉に、僕は絞りだすように答える。

「リッカは……まだ死んでない！」

「じきに死ぬさ……それはお前もだぞ、リュカ。だが、お前は簡単には殺さないがな……」

ザッシュはそう言うと、僕を好き勝手に殴りつける。

それは一回では終わらない。

徐々に意識が朦朧《もうろう》としてくる。

僕は何も守れないのか……

そんな絶望を抱きながら、意識を失ったのだった。

第六話　真の覚醒・後編（最後の……）

気が付くと真っ暗な空間の中にいた。

目の前には黒い炎のようなものが揺らいでいる。

僕は思わず声を出す。

「ここはあの時の？」

以前、魔王の攻撃を受けて意識を失った時にも、ここに来たことがあった。

〔力が欲しいか？〕

あの時と同じで、炎から声がした。

声は繰り返し聞こえてくる。

〔力が欲しいか？〕

以前のことは細かく覚えてはいないが、確か『力が欲しい』と答えたら意識を失い、気が付くと魔王を倒していたはず。

僕は尋ねる。

「なぁ、聞きたいんだが……お前はなんなんだ？　なぜ僕を助ける」

すると、炎が揺らめき、愉快気な声が聞こえてくる。

〈ふっ、貴様は薄々勘付いているだろ？〉

その言葉に僕は答える。

「お前は、僕の体に宿る呪いなのか？」

母さんは僕をお腹に宿している時に呪いを受けたらしく、僕もその呪いを身に宿して生まれてきたと聞いたことがある。

この黒い炎からは闇属性の魔力を感じるし、そういうことかと思ったのだ。

炎は笑い声を上げる。

〈ははっ、分かっているではないか！　そう、我は貴様の体に宿る呪いだ。貴様を助けるのは、肉体が滅びれば我も存在出来なくなるからだ〉

「僕がいなければ……か、僕だけ生き残ったって……リッカが死んでしまったら……」

炎の言葉を聞いて、僕は思わず呟いた。

リッカの傷はどうやっても治らなかった。きっともうすぐ、リッカは死んでしまう。

すると、炎が言った。

〈ふむ、貴様にとってあの娘はそれほど大事か。なら、あの娘を助ける方法を教えてやろう〉

「何!?　そんな方法があるのか!?」

〈魔剣ブラドノーヴァによって付けられた傷は、あの魔剣を破壊しない限り治らない。つまり、ブラドノーヴァを壊せば、あの娘を回復させられるはずだ〉

僅かに希望が見えてきたことに喜びつつ、僕は尋ねる。

「なぜお前はそんなことを知っているんだ？」

〔答えてやりたいが……あの娘の死まで時間がないぞ。それよりも貴様が聞くべきは、力を得るために支払う代価のことではないか？〕

この炎は、力の代わりに代価を求めてくる。前回もそうだった。

この空間内での時間の流れがどうなっているかは分からないが、確かにコイツの言う通り、急いだ方が良いのは間違いない。

「何が欲しい？」

〔フム……では今回は奴の……魔剣ブラドノーヴァの魂を貰おうか！　人格が宿っている魔剣には魂が宿る。あの剣には魔神の魂が宿っているのだ！〕

その言葉に僕は頷く。

「分かった……力を貸してくれ！　えっと……」

〔我の名か？　遠くない未来に明らかになるだろうが……今はダークとでも呼べ〕

「よし、力を借りるよ、ダーク！」

〔良かろう、契約は成った！〕

そうして僕は炎——ダークと一つになった。

◆　◆　◆　◆

ザッシュは気がすむまでリュカを殴りつけたあと、一人呟く。

「……意識を失ったか？　それなら妹の首を刎《は》ねて目の前に置いておくか。これで奴は絶望するだろう。殺すのはその姿を見た後だ」

ザッシュはそう言って、リュカから手を離すと、リッカの元に行こうとした。

だがその瞬間、リュカの体から黒いオーラが噴き出す。

そしてリュカは起き上がった。

「ほぉ……リュカよ、目を覚ましたのか！　これでまた楽しめそうだな！」

ザッシュの言葉にリュカは答える。

その声は、少しくぐもっていた。

『雑魚が吠えるな！　貴様なんぞ、ブラドノーヴァがなければそこらの虫けらと変わらん！』

「なんだと！　リュカ……貴様！」

『弱い犬ほど良く吠える……御託は良いから掛かってこい！』

その言葉を聞いたザッシュは剣を振るう。

だが、リュカは片手で剣を受け止めると、ザッシュの胴体に拳を叩き込む。

そして、ゆっくりと口を開く。

『ブラドノーヴァよ……久しいな！』

《貴方は……まさか、そんな⁉》

『旧友と話をしたいところだが、そんな時間はなくてな……』

リュカはそう言うと、魔剣ブラドノーヴァの刀身を叩き折り、その魂を吸収した。

するとザッシュの纏う魔力が霧散《むさん》する。

「こ、これは一体⁉」

慌てるザッシュに、リュカが答える。

『だから言っただろう……魔剣ブラドノーヴァがなければ、貴様なんぞ虫けらに過ぎないと』

「その口調……お前、リュカではないのか？」

『それがどうした？　貴様に答える義理はない！』

リュカはザッシュの足を踏み潰した。

ザッシュは悲鳴を上げて転げ回る。

『これで我の役目は終わりだ……』

そう告げた瞬間、リュカの体から黒いオーラが消えた。

◇　◇　◇　◇

気が付くと、僕、リュカの目の前に、ザッシュが倒れていた。

おぼろげだが、これをやったのが僕の中に宿ったダークということは覚えている。

だがそんなことよりも、まずはリッカだ！

ダークのおかげか、魔力は完全に近い状態に戻っているし、僕自身の怪我も全て治っていた。

リッカの傍に駆け寄ると、極大回復魔法の［レイズデッド］を放つ。

すると、先ほどまで塞がらなかったリッカの傷が完璧に塞がった。

リッカを抱き上げて胸に耳を当て、心臓が鼓動《こどう》を刻んでいることを確認した。

心の底から安堵《あんど》の息を吐く。

だが、しばらく待ってもリッカが目を覚まさない。

すると、背後から声が聞こえてくる。

「リュカ！　無事か⁉」

振り返ると、そこにはガイアンが一人、こちらに向かってきていた。

近くにシンシアとクララの姿は見当たらない。

安全な場所に二人を置いてきた後、こっちに戻ってきてくれたのだろうか。

僕はガイアンにこれまで起きたことや、今の状況を軽く説明する。

全てを聞き終え、ガイアンは地面に横たわるリッカを見て口を開く。

「そうか……それでリッカは大丈夫なのか？」

「傷は塞がっているし、息はあるから問題はないはずだけど……」

ダメージを受けた際のショックが大きすぎると、傷を治してもすぐに目覚めないケースはある。

そういう時はいくら回復魔法を掛けても意味がないので、自然に目が覚めるのを待つしかないのだ。

僕は意識を切り替え、ザッシュの元へ向かう。

どうやら意識はあるが、動けないらしい。

僕はザッシュの顔面を全力で蹴り飛ばす。

すると、ザッシュは「がっ！」と声を上げて、口から血を流した。

その様子を見たガイアンが、神妙な面持ちで言う。

「リュカ、ザッシュをどうするんだ？」

「ここまでのことをした奴を、生かしておく必要があると思う？」

僕はそう言って、極大炎魔法を用いて掌の上に火球を生み出し、それを圧縮する。

ザッシュはその炎を見て目を見開く。

だが、ガイアンは僕の前に、両手を広げて立ち塞がる。

「どけ、ガイアン！　僕はザッシュを許さない！」

僕の言葉を聞いても、ガイアンは動かない。

「待ってくれリュカ！　身勝手なのは承知しているが、ザッシュにはきちんと罪を償《つぐな》わせたいんだ！」

「なぜこんな奴を庇うんだ！」

僕が叫ぶと、ガイアンは真っ直ぐな声で答える。

「ザッシュは……俺と同じ日に冒険者になった、友だからだ！」

そして、ガイアンはどこか悲し気な表情で続ける。

「俺はザッシュと同じ境遇だから、コイツが荒れる気持ちが分かるんだよ。ザッシュも俺も父親が貴族だが、母親は平民で、家族として認められずに疎《うと》まれて育ってきた。いつの間にかすれ違ってしまったけど、でも冒険者ギルドの登録試験で一緒になった日から、俺はコイツを友だと思ってる！」

「でもザッシュは僕が抜けた後、【烈火の羽ばたき】でガイアン達にもキツく当たっていたんだろう⁉」

「それは、コイツが追い詰められていたからで、本当は優しいところもあるんだ！」

ガイアンの言葉を聞いて、僕はザッシュを見た。

ザッシュは痛みのせいか、蹲ったままだった。

「コイツは可哀想《かわいそう》な奴なんだよ……たとえ死刑になるにしても、ちゃんと法で裁かれて、罪を償ってほしいんだ。だから、兵隊に突き出すとか――」

ガイアンの言葉がそこで止まった。

ザッシュが起き上がり、隠し持っていた短剣でガイアンの脇腹を刺したのだ。

「黙って聞いていれば、勝手に俺を憐《あわ》れむんじゃねえよ！　俺に友なんていねぇ。ガイアン……お前は俺の役に立ちそうだったから利用していただけだ！」

ガイアンはザッシュを見て、消え入りそうな声で言う。

「ザッシュ……俺はお前のことを思って……」

「余計なお世話だ！　俺に施《ほどこ》しなんて必要な――」

僕はガイアンを風魔法でこちらに引き寄せながら、ザッシュに極大炎魔法を放った。

「はははははははは！」

ザッシュはその炎を受け、体を焼かれながらも高笑いを続ける。

一分ほどが経ち、ザッシュの全ては炎に焼かれ、消滅した。

それからガイアンに回復魔法を施した。

「ガイアンには悪いけど……ザッシュを許すつもりはなかったよ」

落ち着いた口調でそう言うと、ガイアンは今にも泣きだしそうな声で言った。

「……俺は、甘かったのかもしれないな……でも、それでも、あいつと分かり合いたかった」

そう言って、ガイアンはザッシュのいたところを見た。

もうそこには、誰の姿もない。

こうして、僕とザッシュとの因縁に終止符《しゅうしふ》が打たれたのだった。

短剣は急所を外れていたので、ガイアンの怪我の治療はすぐに終わった。

ガイアンに手を貸して立ち上がらせると、シオンの元へ足を向ける。

力を使い果たして気絶しているものの、息はある。

シオンの周りには彼の仲間の遺体《いたい》があった。

ガイアンはシオンを見て言う。

「さっきの話だと、コイツはリッカを守るために戦ってくれたんだな」

僕は頷いて、シオンの背中に手を当てる。

「魔力を使い果たして、怪我もしているけど、生きていてよかった」

シオンに回復魔法を掛けた。

しかしリッカ同様、すぐに目を覚ますことはなかった。

ガイアンが僕を見て言う。

「これからどうする？」

「さすがに今の状態じゃあ、旅は再開出来ない。だから一度、皆でカナイ村に戻ろうと思う」

リッカもそうだし、シンシアやクララも、心身ともに休息を取らせる必要がある。

まぁ転移魔法があれば、またすぐここに来られるからね。

ガイアンは頷いた。

その後、僕は周囲を見回して言う。

「でもその前にこの人達の供養《くよう》をしてあげよう」

さすがにシオンの仲間達をこのままにしておきたくはない。

すると、ガイアンが僕の肩に手を置いた。

「よし、リュカは休んでいろ。俺がやる」

正直かなり疲れていたのでガイアンの言葉に甘えることにする。

収納魔法からスコップを取り出してガイアンに渡すと、彼はすぐさま大きな穴を四つ掘ってくれた。

シオンの仲間達の持ち物から遺品として持っていけそうなものだけを取り、穴の中に遺体を埋める。

そして近くにあった石を置いて簡単な墓を作った。

ガイアンは両手を合わせる。

「こいつらは悪い奴じゃなかった。もし別の形で出会っていたら、きっと分かり合えていたと思う。どうか、安らかに眠ってくれ」

その後、僕らはシオンとリッカを連れてシンシアとクララと合流し、皆でカナイ村に転移したのだった。

第七話　目覚めぬリッカと……？（今後の旅に必要な……）

僕、シオンが目を覚ますと、見知らぬ天井が目に入る。

ベッドから上半身を起こし周囲を見回す。

いかにも普通の家という感じだ。

徐々に記憶が戻ってくる。

確かザッシュさんが仲間を殺して、回復魔法を掛けたけど全然ダメで。ザッシュさんに攻撃を仕掛けたけど魔力切れで気を失って……その後はどうなったんだろう？

そう思っていると、部屋のドアが開いた。

「あ、シオン！　目を覚ましたんだね」

「あ、リュカさん……ここは？」

「ここは僕の家さ。転移魔法で移動したんだ」

リュカさんはそう言うと、僕の寝ているベッドの隣に椅子を持ってきて座る。

そしてあの時から今までに起きたことを全て説明してくれた。

あの戦いから丸一日経っているなんて……

だが、それよりも――

「リュカさんは、ザッシュさんを倒したんですね……」

僕の言葉にリュカさんは頷く。

「シオンには申し訳ないけど、僕はザッシュを許せなかったよ」

慕《した》っていたザッシュさんが死んでしまって、僕なりに思うところはある。

でも、ザッシュさんがリュカさん達に酷いことをしたのは紛れもない事実だ。

それに、ザッシュさんは皆を……

僕はリュカさんに頭を下げる。

「リュカさん。本当にすみませんでした。僕はザッシュさんの味方をし、貴方を倒そうとした。それなのにこうして助けていただいて……」

　すると、リュカさんは優しい声で答える。

「それはいいんだ。シオンは僕の仲間を誰も傷付けなかったし、リッカを助けようとしてくれていたでしょ。だから僕はお礼を言いたいくらいだよ」

　リュカさんは穏やかに笑った。

　そして思い出したように続ける。

「あっ、それと、シオンの仲間の遺品を持って帰ったんだ。遺体そのものは無理だったけど、せめてこれくらいは親元に返してあげたいと思ってね」

　そう言って、リュカさんは収納魔法から、いくつかのものを取り出した。

　だが、僕は言う。

「聖女候補のアントワネットさん以外は、ザッシュさんが奴隷《どれい》商会で購入した戦闘奴隷なんです。ですから、身元は分からないかと。それにアントワネットさんの家も没落貴族家で、一家がバラバラになってしまったと聞いたことがあります……」

　リュカさんは「困ったな……」と言った。

　その様子を見て、僕はあることを思い付く。

「……あの、皆の遺品、僕が引き取ってもいいですか」

　皆のことを覚えているのが僕しかいないなら、僕が受け取るべきだと思ったのだ。

　すると、リュカさんは少し考え、僕に遺品を渡してくれた。

僕はそれらを眺める。

「……これはグレンさんのバンダナ、こっちはミーヤさんのイヤリング。それにレグリーさんのブレスレットに、アントワネットさんの聖女候補の証かぁ……本当に皆は……うぅ……」

皆との思い出がよみがえってきて、僕は涙を零した。

一緒に旅した期間は長くはないが、長くソロ活動をしていた僕にとって、彼らと過ごした時間は本当にかけがえのないものだったのだ。

僕が遺品を抱きしめながら泣いていると、リュカさんは気をきかせてくれたのか……静かに出ていった。

そして十分ほど泣いた後で、僕は部屋を出る。

すると、リュカさんは入り口で待っていてくれた。

「もう大丈夫?」

僕は頷く。

その後はリュカさんに村を案内されながら、僕達は家族、出身、これまでの旅のことなど、色々と話をした。

あんなことがあったばかりなのに、会話はとても盛り上がった。

そうして村を歩いていると、リュカさんが真剣な顔で聞いてくる。

「それで……シオンはこれからどうするんだ?」

少し考えてから答える。

「行く当てはありません。僕には……もう頼れる仲間もいませんし、家に帰ることも出来ないので」

かつて実家を追い出されたし、仲間ももういない。

すると、リュカさんが提案してくれる。

「ならしばらくの間、この村で過ごさないか？」

「……いいんですか？」

「もちろんだよ！　僕の家を好きに使っていいからね」

そう言って笑うリュカさんに、僕は頭を下げた。

その後、日が暮れるまでリュカさんと村を回った。

そしてその夜、僕はリュカさんの家の夕飯に招かれた。

村を案内されている時にも聞いたが、改めて目《ま》の当たりにするとやはり驚く。

本物の【黄昏の夜明け】のメンバーと食卓を囲めるだなんて……！

「は、初めまして、シオン・ノート・グラッドと申します」

興奮しつつ名乗ると、剣聖ジェスター様が首を捻《ひね》った。

「ん？　グラッド？　お主はカリバリオンの息子か？」

カリバリオンは、父さんの名前だ。

「父をご存知なのですか？」

「カリバリオンはワシの弟子の一人じゃ！　なるほど……そう言われればどことなく雰囲気が奴に似ておるな！　奴は今どうしとる？」

ジェスター様は僕の顔を眺めてからそう言った。

母や姉に似ていると言われることが多く、父に似ていると言われたのは初めてだったけど。

父の話になったので、己の過去を話すことにする。

僕は攻撃魔法を使えなくなる呪いを受けたせいで、実家を追い出された。

そのため家の細かい状況は分からないことを説明する。

「ほう、呪いとはな。しかしリュカから聞いた話だと、攻撃魔法も使っていたらしいが……」

どうやら僕が気絶している間に、色々と僕の話をしていたらしい。

ジェスター様の問いに僕は答える。

「普段は使えませんが、覚醒すれば使えるんです。少し前にそのことを知った父に、家に戻ってこいと言われました。自分で追い出した癖に……」

僕が愚痴っぽく言うと、ジェスター様は笑った。

「あやつの我儘なところは相変わらずじゃのう。ならワシがカリバリオンに一筆したためておく。それを見せれば無下《むげ》に扱われることはないはずじゃ、和解《わかい》するかは別にして、一度話をしに行くと良い」

その言葉を聞いて、僕は少し考える。

……確かに今まではのらりくらりと逃げてきたけど、この機会にケリをつけなきゃいけないのかもしれないな。

「……ありがとうございます。お願いします！」

僕が頭を下げると、ジェスター様は豪快に笑う。

「よいよい！　それと呪いについてだが……トリシャ！　見てあげなさい」

「はい、お義父《とう》様」

ジェスター様はトリシャという女性を呼んだ。

先ほどリュカさんと話をした時に、リュカさんの母親はかつて聖女だったと聞いた。

トリシャさんは立ち上がると、僕に近づいてくる。

「ごめんねシオン君、少し調べさせてもらってもいい？」

「はい、お願いします」

僕の返事を聞いて、トリシャさんは僕の体に触れた。

「……確かに呪いがかかっているわね、それもリュカとは違ったタイプだわ。一部なら解呪出来るかも……」

その言葉に、僕は思わず驚きの声を上げる。

「解呪出来るのですか、トリシャ様!?」

「様は不要よ、シオン君。そうね……魔法攻撃を禁じる呪いは解けなさそうだけど、武器による攻撃禁止の呪いは解けるかも……」

トリシャ様……いやトリシャさんはそう言うと、僕の体に魔力を流した。

すると、体が発光し、何かが解き放たれたような感じがする。

トリシャさんは息を吐いて言う。

「これで武器による攻撃が出来るようになったはずよ！　だけど、やっぱり他の呪いの術式は厄介で、私では解呪出来ないみたい」

僕は自身に［鑑定］を掛けると、確かに呪いが一部解かれていた。

トリシャさんに深々と頭を下げる。

「ずっとこの呪いに悩んでいたんです、本当にありがとうございます！」

トリシャさんは穏やかな笑みを浮かべた。

その後、改めて、【黄昏の夜明け】の皆さんと話をした。

憧れだった冒険者の方々と話が出来て、本当に楽しかった。


三日後、僕は実家に向かうべく、転移魔法を使おうとしていた。

見送りに来てくれたリュカさんが尋ねてくる。

「シオンはさ……これからどうするの？　実家に帰って家族と暮らすとか？」

「いえ……冒険者を続けようと思っています。すぐに家の皆と和解出来るとは思えませんし、何より退屈ですからね」

僕がそう言うと、リュカさんが僕の目を見つめた。

「ならさ、リッカの聖女候補の旅を手伝ってくれない？」

「リュカさん……それって？」

「もちろんリッカや他の皆に聞いてみないとだからハッキリしたことは言えないけど、僕は君と旅がしたいって思っているんだ」

そんなこと、考えたこともなかった。

でも、確かにリュカさんのパーティなら……きっと楽しい旅が出来るはずだ。しかし――

「お気持ちはすごく嬉しいです。でも、僕もまだ気持ちが整理できていなくて、少し考えさせてもらってもいいですか？」

僕がそう言うと、リュカさんは笑った。

「そうだよね。ひとまず先に僕の思いを伝えておこうと思っただけだから、そんなに重く受け止めなくていいよ。家の問題が片付いて気持ちの整理がついたら、改めてもう一度カナイ村に来てほしい」

「はい。約束します」

僕はそう答え、リュカさんと握手を交わした。

その後、僕は「リッカさんが一日でも早く起きてくれることを願っています」と伝えて転移魔法で故郷のグラッドの街に飛んだ。

僕は一人、実家の屋敷を外から眺めている。

「……久々だな」

久しぶりの屋敷は、正直入りにくい。

だけど僕は意を決して玄関の扉を開ける。

すると、執事のテクラスが目の前にいた。

「シオン坊ちゃま、おかえりなさいませ！」

ジェスター様の手紙に僕が帰る時間も記してもらったけど、まさか玄関で待っているとは。

「父さんはいる？」

僕が言うと、テクラスは答える。

「はい、執務室の方に……ご案内は……」

僕は案内を断って執務室に行く。

そして扉を開けると、そこには父の姿があった。

「シオンか……良く帰ってきてくれたな」

「久しぶりですね、父さん」

僕はそう言って、父さんを見つめる。

父さんの態度は僕を追い出した時よりも、だいぶ柔らかい。

きっとジェスター様の手紙のおかげだろう。

「シオン、ここに来てくれたということは、家に戻ってきてくれるのか？」

父さんは期待に満ちた声で言うが、僕は首を横に振った。

「いえ、僕は冒険者として生きていきたいと思います」

僕が今日ここに来たのは、父さんにハッキリと自分の意思を伝えるためだ。

父さんは悲し気な表情になる。

「……そうか、残念だが、驚きはしない……ジェスター様からいただいた手紙にも、そう書いてあったからな」

「今日は、それだけ伝えたかったんです」

僕がそう告げ、部屋を出ようとすると、父さんがぽつりと言う。

「……シオン、今まですまなかった。一家の恥だと思い、私は呪いを掛けられたお前を追い出してしまった。今更許してくれとは言わないが、たまにでも帰ってきてくれると、嬉しい……」

僕は思わず足を止めた。

今更何を、という気持ちはある。僕が強くなったからって自分勝手なことを、とも思う。

でも、父さんにそう言ってもらえて、嬉しかったのも確かだ。

少し考えて、僕は口を開く。

「……僕の部屋って、まだあるかな？　父さんさえよければ、数日の間、泊まっていきたいんだけど」

「あ、あぁ！　残してあるぞ！　何日でも泊まっていけ！　場所は覚えているな？」

「うん。ありがとう」

僕は執務室を出て、自分の部屋に向かう。

本当は、父さんと話をしたらすぐに家を出て、街の宿屋にでも泊まる予定だった。

でも、もう少しだけ、父さんや家族と話をしたくなったのだ。

一週間後、僕は一人、屋敷の外に出ていた。

あの日から、僕はずっと屋敷に泊まり、父さんや兄妹達と色々な話をした。

もちろん父さんや家のことを全て受け入れられるようになったわけではないけれど、心の奥にあったモヤモヤが少し晴れたような気分だった。

そして今日、改めて冒険者としての活動を再開することにしたのだ。

「よし、冒険者生活、頑張るぞ！」

僕は己を鼓舞《こぶ》するようにそう言い、屋敷を後にするのだった。

◇　◇　◇　◇

シオンがカナイ村を出た次の日、僕、リュカはシンシアとクララに村の外れに呼び出された。

指定された場所に行くと、シンシアは真剣な表情で言う。

「私達はリュカ君の旅を甘く見ていました」

それにクララが続く。

「私達はリュカ君とリッカの旅に加われたら、きっと楽しいだろうって思っていたの。でも先日の戦いで、自分達の戦力不足を痛感したわ……」

神妙に俯《うつむ》く二人、僕はその様子を見て、下手な慰《なぐさ》めを口に出来なくなる。

二人が僕達と比べ実力が劣っているのも、旅が危険なのも事実だしな。

「だから、私達はもう巡礼の旅についていくべきじゃないと思うんです」

「これ以上、足を引っ張りたくないから……」

シンシアとクララは真剣な表情でそう言った。

僕達の旅に同行するために、二人は必死でとー祖母ちゃんの修業に耐えたというのに。

でも彼女達の覚悟は確かなのだろう。

「……二人の気持ちは分かった。でもせめてリッカが起きるまでは、この村にいて、彼女の傍にいてあげてくれないかな。その後で、リッカやガイアンにも、二人の気持ちを伝えてほしい」

僕がそう言うと、二人は小さく頷いた。


翌日の昼、僕は一人、リッカの部屋を訪れていた。

まだリッカは目を覚まさない。

体の傷は全て完治しているし、呼吸もある。でも意識だけが戻らないのだ。

魔法で栄養《えいよう》補給《ほきゅう》はさせているから、健康面は問題はないけど、それにしたって心配だ。

僕は改めてリッカを眺める。

こうやって見ていると、ただ眠っているようにしか見えないな。

……いや、待てよ、眠っている⁉

その時、僕はとある作戦を思いついた。

ずっと眠っているような状態なら、リッカを起こす時によくやることを試せば、目を覚ますのではないだろうか。

自分でも馬鹿な発想だと思うが、リッカが目覚めないと旅を再開させられないし、試してみる価値はあるかもしれない。

僕は収納魔法を使い、鳥の羽を取り出す。

そしてリッカの布団を捲《まく》ってから、彼女の足の裏を鳥の羽でくすぐってみた。

こうすれば、寝ているリッカは大概《たいがい》飛び起きるのだ。

だが、どれほどくすぐろうと、彼女は何の反応も示さない。

その様子を見て、僕は少し悔しくなる。

いつもなら、よほど熟睡《じゅくすい》していない限りこれで起きるはず。

次に収納魔法から料理用の激辛調味料を取り出す。

リッカは辛い物が凄く苦手だし、これならさすがに何かしらの反応を見せるだろう。

口を開けさせ、調味料を一滴垂らした。

だが、リッカは口元一つ動かさない。

くそっ！　これでもダメなのか！

なんにも反応を示さないリッカを見ていると、なぜか負けた気分になる。

少しムキになって部屋を出ると、かー祖父ちゃんのブーツを持って部屋に戻る。

そして以前やったように、それをリッカの鼻と口に押さえ付けた。

だけど、リッカは眉《まゆ》一つ動かさない。

かー祖父ちゃんのブーツですらダメなんて、一体どうすれば……

そう思った時、過去の記憶が蘇ってきた。

リッカがかー祖父ちゃんのブーツ以上に嫌がっていたものが一つある。

それは闇魔法の［触手《しょくしゅ》］だ。

［触手］とはその名の通り、ヌメヌメした触手を召喚し、相手を拘束する魔法だ。

子供の頃、ふざけて母さんとリッカに向けて使ったら、二人から心底マジギレされ、今後一切の使用を禁止されたことがある。

なんでも、ヌメヌメしたものが服の中に入ってくると、本当に気持ち悪いんだとか。

そうだ！　これならいけるかもしれない。

使うなとは言われているが、これでリッカが目覚めるなら喜んで怒られてやる。

僕はそう思い、［触手］を発動。

すると地面に魔法陣が現れ、そこから粘液《ねんえき》を垂らした無数の触手が伸びてくる。

触手はうねうねと動きながらリッカの体を持ち上げると、服の隙間に入り込み、全身を拘束した。

……うーん、久しぶりに見たけど、本当に気持ち悪そうだなぁ。

でもこれならリッカも目を覚ますかもしれない。

そんなことを考えていると、突如として部屋のドアが開く。

そこには、シンシアとクララが立っていた。

「リュカ君！　この魔力は何？　何をやっているの⁉」

シンシアがそう叫んだ瞬間、［触手］が勝手に反応し、二人にも襲い掛かった。

シンシアとクララまで、あっという間に拘束される。

あれ、この魔法、こんなに制御がきかないものだったっけ⁉

このままじゃマズいかもしれない。

僕がそう思った瞬間、部屋の奥から今度、母さんが現れた。

「変な魔力を感じて来てみれば……リュカ！　何やってるのよ」

母さんはそう言いながら、部屋に入ってくる。

そして聖女魔法を使い、光で触手を照らした。

すると触手は消えてなくなり、皆が拘束から解放された。

母さんは地面に落ちたリッカをベッドに戻すと、僕を睨みつける。

「リュカ……貴方……あれ、［触手］よね……？」

あっ、やばい、この感じ、母さんが本当に怒っている！

「いや、その、これでリッカが目覚めるかなって……本当に、変な気持ちは一つもないんだ！」

首を振りながらそう言うが、母さんの目は怒りに満ちていた。

母さんは僕に近づいてきて言う。

「リュカ……場所を移しましょう。ついていらっしゃい！」

そう言って、母さんは僕の胸倉を掴んだ。

「いや、ついていくも何も、引っ張られているんですが⁉　あと、その巨大なメイスをどうするのですか⁉」

気付けば、母さんは収納魔法から取り出した巨大なメイスを握っているではないか。

「決まっているでしょ。悪い子にはお仕置きです！」

「いや、あの、僕の話を――」


僕は家の近くにある訓練場に連れていかれ、無造作に地面に放り投げられた。

母さんは僕に冷たい視線を送りながら言う。

「リュカ……私、言ったわよね？　あの魔法は二度と使っては駄目よって。その約束を破って、しかも眠っている妹に使うなんて……」

「いや、違うんだよ。さっきも言ったけど、僕はリッカを目覚めさせたかっただけなんだ！」

改めて事情を説明するが、母さんは聞く耳を持たない。

それどころか、巨大なメイスをブンブンと振り回している。

……素振《すぶ》りの音、ありえないくらい大きいんだけど……

恐る恐る言う。

「えっと……お母様、そんな物で殴られたら僕は死んじゃいますよ……」

「大丈夫よ。後で生き返らせますからね」

巨大メイスによる攻撃は、想像を絶するくらいに痛い。

僕は幼少期から母さんに何度も殺され、そのたび蘇生《そせい》魔法で復活させられたから知っているのだ。

これはマズいぞ！　なんとか言い逃れなくては！

「母さんに話があります！　僕は少し前に闇の力を使った影響か、回復魔法の類《たぐい》が効きにくくなっているんです！　今の僕には蘇生魔法が効くか分かりません！」

とっさに思いついたことを言った。

だが、今の言葉は嘘ではない。

ザッシュとの戦いでダークの力を借りた時から、闇属性の力が強まっていて、その影響か回復魔法が効きにくくなっているのだ。

すると、母さんが素振りを止め、こちらを見てくる。

「あら、それは、本当なの？」

勢いよく頷いて言う。

「そうそう！　だから——ぶっ！」

話をしている最中に、母さんは持っているメイスで僕の顔を殴りつけた。

後方に吹っ飛び、壁に激突して地面に落ちる。

痛みに蹲っていると、母さんが近づいてきて僕に回復魔法を放った。

その後、意外そうに言う。

「あら、回復魔法が効きにくいっていうのは本当だったのね。傷が少ししか塞がっていないわ」

僕はなんとか起き上がり、口を開く。

「あの……お母様、普通は別な方法で試しません？　息子の言っていることを確認するために巨大メイスで顔を殴る親がどこの世界にいるんですか⁉」

しかし、母さんは悪びれもせずに言う。

「リュカはたまに嘘を吐きますからね……まぁでも、これで蘇生魔法の効きが怪しいかもしれないという理屈は分かりました」

「あっ、それなら――」

「でしたら、死ななければ良いのですよね？」

母さんはニッコリと笑いながらそう答えた。

あ、これ、殺されないだけで、好き勝手やられるということだ！

その笑顔を見て、『殴られない』は諦めるしかないということを悟った。

ならば、せめて被害を減らすしかない。

僕は懇願《こんがん》するように言う。

「あの、母さんの気持ちはわかりました！　ですが、殴られるにしても巨大メイスは止めて下さい！　せめてヒーリングナックルグローブでお願いします！」

ヒーリングナックルグローブとは敵を捕虜《ほりょ》にする時などに使われる、相手を殴りつつも回復させられる武器だ。

今の僕に回復魔法は効きにくいとはいえ、メイスで殴られるよりは断然マシなはず。

だが、母さんはニッコリと笑って言う。

「それじゃあ、貴方に対する罰《ばつ》にはならないでしょ？」

やばい……母さんは本気で僕を半殺しにするつもりだ。

いや、母さんのことだ。下手したら勢い余って……なんてこともあり得るぞ。

これは、何がなんでも殴られるわけにはいかない！

僕は頭をフル回転させ、この状況を打開する方法を探す。

そして、ある方法を思い付いた。

僕は大きく息を吸ってから口を開く。

「お母様にお願いがあります！」

「聞きましょう！」

「殴られる前にせめて、神に祈りを捧《ささ》げたいのですが、よろしいでしょうか？」

母さんは元聖女だ。このようなお願いなら聞いて貰える可能性は高いだろう。

その隙を見て、母さんを［奈落］に落としてやる。

［奈落］の中で百年も過ごせば、何に怒っていたかも忘れるはずだ。

だが、僕の言葉に、母さんは首を傾げる。

「リュカはこれまで祈ったことなんてなかったわよね。どうして急にそんなことを言い出すの？」

「えっと、それは、その……実はこれまでも殴られる前には祈りたかったんです！　でもいつもその前にお母様が撲殺《ぼくさつ》してくるから……」

僕はそう言うと、膝を地面に突き、両手を合わせて祈りのポーズを取った。

母さんは若干怪しげな表情を浮かべつつも、メイスを下ろし、警戒を緩める。

よし！　今だ！

僕は母さんの足元に［奈落］を発動させる。

やった！　母さんを黒い玉に閉じ込めたぞ。

僕は急いで玉を拾い上げ、訓練場を後にする。

そして玉を家の外にある大穴に放り込んだ。

この穴は僕がかつて複合統一魔法で開けたもので、かなり深いため壁上りの修業に使われている。

ここなら、黒い玉が見つかることもないだろう。

ふぅ……これで一安心だな。

そう思って僕は背中を向け、移動しようとする。

だがその瞬間、背後から強烈な気配を感じた。

急いで振り返ると、そこには浮遊魔法で穴の上に浮かぶ母さんの姿があった。

僕は思わず言葉を零す。

「どうして［奈落］から出て……」

すると、母さんがニッコリ笑って言う。

「特殊な魔法を使って中から解除したの。でもさすがリュカね。出るまでに私の体感で二ヶ月くらいかかっちゃったわよ」

中から解除って、そんなことが出来るのか⁉

「で、でもっ！　母さんは浮遊魔法が使えないはずじゃあ……」

僕は思わず後ずさりしながらそう言った。

母さんは地面に着地すると、口を開く。

「あら、私だって浮遊魔法くらい使えるわよ。村では使う機会がほとんどなかったから、勘違いしちゃったのね」

笑みを浮かべながら、徐々に近づいてくる母さん。

やばい、今度こそ本当にやばい！

母さんの目、怒りで完全に血走っている！

どうする⁉　全力で謝るか⁉

いや、祈りを利用したんだ。そんなことをした人を元聖女である母さんが許すわけがない。

となると……僕に残された道は全力で逃げることだけだ。

だが、今の母さんがすんなり僕を逃がすはずがない。

なら、最終手段の『アレ』を使うしかない！

アレをやると、後々母さんの怒りがとんでもないことになるだろうが、それでも今捕まるよりはマシなはず。

僕は覚悟を決め、大声で言う！

「ずっと言いたかったんだけど、ここ最近の母さんの料理は、クソ不味い！」

僕の言葉を聞いた瞬間、母さんは身を硬直させた。

そう、母さんは自分の料理を否定されると、ショックで少しの間動けなくなるのだ。

よし、この隙に逃げよう！

これを使った以上、もう捕まるわけにはいかない。

料理を否定された後の母さんは、否定してきた人をまず徹底的にボコして、そいつが『美味しい』と言うまでご飯を食べさせ続けるという恐ろしいことをしてくるからな。

それにただでさえ今の母さんは怒り心頭なのだ。捕まったらいよいよ大惨事だ。

ちなみに最近はマシになったが、僕が小さい時の母さんの料理は本当に酷かった。

昔、母さんの料理を食わせたアースドラゴンが、一口で絶命したこともあるほどだ。

その料理の不味さは、英雄ダンの図鑑に載《の》っていた異世界から来た聖女、華奈《かな》が作る料理に匹敵するだろうと個人的に思っている。華奈の料理食べたことないけど。

そんなことを思いながら、僕は浮遊魔法を発動して逃げようとする。

だがその時、僕に予想外の事態が起きた。

浮遊魔法が発動しなかったのだ。

あれ、なんで!?　どういうことだ!?

僕は何度も浮遊魔法を発動しようとするが、体が浮かび上がらない。

もしかして、今の僕は闇属性の力が大きくなりすぎていて、繊細《せんさい》な魔力操作が必要な浮遊魔法が使えないのか!?

とりあえず脳内で仮説を立てるが、じっくり考えている時間はない。

今はとにかく早く逃げなきゃ！

僕は仕方なく飛んで逃げることを諦め、駆け出そうとする。

だがその瞬間、拘束魔法のロープが飛んで来て、僕を縛り付けた。

驚いて周囲を見ると、少し離れたところにシンシアとクララが立っていた。

二人は揃《そろ》って口を開く。

「リュカ君が逃げようとしています！」

「お母様の料理は、王宮《おうきゅう》でも食べられない程美味しいです！　リュカ君は逃げるために嘘を言っています！」

その言葉を聞いて母さんはゆっくりと動き出した。

くそっ！　いつもは優しいシンシアとクララがこんなことをするなんて、［触手］のことで完全に怒っているみたいだ！

まぁ僕の自業自得ではあるのだが、このまま捕まるわけにはいかない。

僕は内心でシンシアとクララに謝りつつ、［ディスペル］で拘束を解除。

全力で走り出した。

だが、鬼のような顔をした母さんが凄《すさ》まじい速度で追い掛けて来る。

くそっ、もう動けるようになったのか！

「こうなったら……闇魔法、［黒煙《こくえん》］！」

僕はそう叫ぶと、周囲に黒い煙が舞った。
これで視界を遮った……と思った瞬間、後方からとんでもない量の魔力を感じた。
そして、母さんの声が聞こえてくる。
「［光の聖剣・クルセイダーズ］！」
おいおい!?　リッカがザッシュに放った超強力な光魔法じゃないか！
しかも母さんの魔法はリッカと比べて威力が数倍くらいあるはず。
更に［光の聖剣・クルセイダーズ］は相手の闇属性が強ければ強い程威力を増すのだ。
今の僕が食らったらマジでヤバいぞ！
僕は煙に紛れながら、迫りくる大量の光の剣を根性でなんとか躱していく。
すると次の瞬間、母さんは魔力を放出し、周囲の煙を吹き飛ばした。
僕は驚きのあまり、一瞬足を止めてしまう。
その隙に地面から生えた光の鎖が、僕を拘束した。
母さんは何も言わずゆっくりとこちらに近づいてくる。
ヤバいヤバいヤバい！
僕は必死になって脳内に呼びかける！
《ダーク！　ダーク！　お願いだ！　助けてくれ！》
僕はあの戦いから、話そうと思えば心の中でダークと話せるようになっていたのだ。
だが、ダークは無慈悲《むじひ》に言う。

〔断る！〕
《え？　なんで⁉　僕はこのままだと殺されるよ！　僕が死んだら君もマズいんでしょ！》
〔この状況ならば、死んだ後でも生き返らせて貰えるだろうし、仮に貴様の母が蘇生魔法を使わなくても、［オートリレイズ］で生き返るだろう？　あの時貴様を助けたのは、ブラドノーヴァで殺された者は生き返らないからだ〕
確かにダークの言う通り、僕は仮に死んでも自動で復活出来る魔法、［オートリレイズ］を常に自分に掛けている。
《でも、［オートリレイズ］は大量に魔力を使うから、かなりしんどいんだよ！　それにそもそも今の僕に蘇生魔法が効くか分からないんだ！》
〔魔力の件は知らん。それに蘇生魔法なら今の貴様にも効くから安心しろ〕
ダークがそう言うなら、きっと蘇生魔法は効くんだろう。
だが、そういう問題じゃない！
僕は脳内で叫ぶ。
《でも、死ぬのは本当に辛いんだよ！》
〔だからなんだ。それに貴様は我に助けを求めるが、代価はあるのか？〕
ダークの言葉に、僕はハッとする。
確かにコイツの力を借りるには代価が必要だった。
《えっと……あっ、それじゃあ、村の周囲にいるドラゴン種の魂でどう？　アイツらは結構な魔力

を持っているよ！》

僕の提案を、ダークは鼻で笑う。

〔安く見られたものだな。その程度では腹の足しにもならん！　我は寝るので他を当たれ〕

その言葉を最後に、ダークの声は聞こえなくなった。

ついに頼みの綱《つな》であるダークにも断られてしまった……

僕が絶望に打ちひしがれていると、母さんが接近してくる。

母さんはメイスよりも更に厳《いか》ついギガントモーニングスターを収納魔法から取り出して、振り回していた。

そして思いっ切り振り被ると、僕に向けて振るった。

凄まじい速度で鉄球が飛んでくる。

僕は信じられない程の衝撃と共に、意識を失った。

次に目覚めた時は、丸一日が経過していた。

僕を殺したことで母さんの怒りは収まったみたいで、シンシアとクララにも事情を説明し懸命に謝罪したら許してもらえた。

そして、僕は二度と［触手］を使わないと心に誓ったのだった。

ちなみに、目が覚めたら僕の闇属性の力は少し弱まっていて、浮遊魔法も普通に使えるようになっていた。

第八話　リッカの異変（見た目はリッカ、中身は誰？）

三日後、僕が部屋でリッカの面倒を見ている最中、彼女が「んっ……」と小さな声を上げた。

僕は急いでベッドに近づく。

リッカが小さく身じろぎをしている。

ついに目を覚ますのか!?

彼女はゆっくりと目を開け、虚ろな表情をしながらベッドから起き上がった。

「リッカ、起きたんだ――」

だが、僕が声を掛けた瞬間、彼女の髪と目の色が青色から黒色に変わった。

僕は驚きのあまり言葉を失う。

すると、リッカが突然僕に全力で抱き着いてきた。

首に手が回され、喉《のど》が思い切り締め付けられる。

「ギャーーーやめろ！」

「いい男……いい男は離さない！」

リッカはぼんやりとした表情で呟く。

なんとか彼女の体を引きはがそうと腕に力を込めるが、力が強く、離れてくれない。

僕は必死に叫ぶ。

「リッカ、目を覚ませ！」

「はぁ……はぁ……大丈夫よ、ほら……力を抜いて」

だがリッカは僕の言葉を無視して息を荒くしながら、ベッドに押し倒してきた。

すると、ドアが開き、母さんが部屋に入ってきた。

「リッカ！　何をしているの⁉」

母さんがそう言って駆け寄るが、リッカは母さんを睨みつけた。

「目の前に良い男がいる……逃がさないようにするのは当然よ！　分かったら邪魔しないで！」

なんだそれ⁉　ていうかキャラが全然違うけど⁉

僕が内心驚いていると、母さんは、リッカを無理やり僕から引き離し、拘束魔法のロープで縛りつけた。

そして、虚ろな目をしたリッカをベッドに座らせ、脳天にチョップを食らわせる。

「あうっ！　はっ、ごめんなさい。寝ぼけていたわ」

母さんのチョップを食らったリッカは我に返ったように周囲を見渡した。

僕は改めてリッカを見る。

当然、気になることだらけだ。

声を潜めつつ母さんに聞く。

「リッカの髪と目、黒くなってるよね……？」

「えぇ……でも、さっき触れた時に確かめたけど、呪いの類はかかってないわよ」

元聖女である母さんがそう言うなら、間違いはないはず。

でもそれなら、リッカの変貌は一体どういうことなのだろう。

すると、リッカは口を開く。

「貴方達が混乱《こんらん》するのも無理ないわね。いいわ、説明してあげる。私はノワール。リッカの中に宿る勇者の魂《たましい》よ」

「は？」

僕は首を傾げる。

「この体には本人の人格と、勇者である私の人格の二つが眠っていた。まぁ人格はリッカがメインで、本来私が表に出ることはないはずだったのだけどね。でも、少し前にこの子は本来なら命を失うほどの傷を負った。その状態から肉体を救うため、実は私も少し力を使ったの。その反動で表に出てきてしまったのね」

リッカ、いや、ノワールはそう説明した。

正直、いきなり勇者の魂と言われてもすんなり納得することは出来ない。

でも、リッカは勇者しか抜くことが出来ない聖剣シャンゼリオンを扱える。

それを考えると、彼女の話にまるきり信憑性《しんぴょうせい》がないわけではなさそうだ。

ノワールは続ける。

「勇者の魂は元来、人間の肉体に宿り、徐々に混ざり合い、二十歳になる頃に主人格と一つになる。

だからこんなふうに勇者の人格が表に出るのは稀《まれ》なことなのよ」

その話を聞いた母さんは口を開く。

「では、今はリッカの意識はどうなっているの？」

「リッカの意識はまだ私の中で眠っているわ。それだけ魔剣に攻撃された時の衝撃が大きかったんでしょう。でも、もうすぐ目覚めるはずよ」

僕は母さんに尋ねる。

「母さん、この話をどこまで信じられる？」

「うーん、髪の色や目の色は変わっているけど、見た目はリッカよね。それに勇者の人格って……」

母さんはまだノワールのことを信じてないようだった。

ノワールはそんな僕らを見て、かすかに笑う。

「リッカの意識が目覚めたら分かりやすい証拠を見せてあげられるんだけど、今はこれが限界かしらね」

すると、ノワールの左手の甲に紋章《もんしょう》が浮かび上がる。

そしてそこから炎を纏う小さい鳥が現れた。

これは召喚魔法《しょうかんまほう》!?　リッカは召喚魔法が苦手だったはず。

それを難なく使うなんて……やっぱり、この少女はリッカではないのかも。

ノワールは口を開く。

「これで納得してくれたかしら？　ちなみにこの子は私の従魔《じゅうま》のフェニックス、シフェルよ」

シフェルは楽しそうに、辺りを飛び回っている。

せっかくなので、僕も右手を掲げた。

するとそこから従魔のシドラが現れる。

シドラとシフェルは楽しそうにじゃれあいながら、空中を飛び回る。

ノワールはその様子を微笑《ほほえ》みながら見つつ、口を開く。

「ひとまず事情を説明したし、そろそろこの拘束を解いてくれない？」

ノワールはそう言って、自分の体に目を向ける。

まぁ、危険はなさそうだし、いいかな。


ノワールの拘束を解き、僕らはリビングに向かった。

他の家族やハイランダー公爵一家はどこかに出かけているようで、ここにいるのは今僕らだけだ。

ノワールがお腹をおさえる。

「ずっと眠っていたからか、お腹空いちゃった」

リッカが眠っていた間も魔法で栄養補給はさせていたが、それにも限界があるからな。

「そういえば僕らもお昼はまだなんだよね。何か作ろうか？」

僕がそう言うと、ノワールが答える。

「せっかくだし台所借りていい？　前世の料理を作ってあげようかと思って」

僕は、思わず尋ねる。

「まさか、君が料理をするのか？」

「そのつもりだけど……ダメなの？」

ノワールは首を傾げた。

しまった。リッカの顔をしているからつい過剰反応してしまった。

「いや……ダメってわけじゃないけど……」

「じゃあ借りるわね！」

ノワールは台所に行き、料理を始めた。

台所や食材の場所は、分かっているようだ。記憶はリッカと共有しているということか……って、そうじゃない！　それよりも大事なことがあるんだ。

僕は真剣に母さんに尋ねる。

「ねぇ母さん、これから出てくる料理、食べられるかな？」

「リッカの料理の腕は絶望的ですからね。でも、これであの子の言葉が事実かどうか、改めて確かめられるんじゃない？」

そう、リッカの料理の腕は壊滅的《かいめつ》なのだ。

一口も食べられない暗黒物質を生み出すことだってザラである。

でも母さんの言う通り、これはノワールの言葉の真偽を確認する良い機会かもしれない。

僕は小さい声で言う。

「一口食べてこれは無理だと判断したら、かー祖父ちゃんにでも食わせよう。あの鉄の胃袋ならなんだって消化できるでしょ」

「貴方は……良く自分の祖父を犠牲にしようなんて言えるわね？　私の父でもあるのよ⁉」

母さんは呆れたように言うが、僕は気にしない。

「だって、かー祖父ちゃんなら大丈夫でしょ？　殺したって死ぬようなタマじゃないし……」

およそ三十分後。

食卓にはノワールが作った料理が並んでいる。

僕はドキドキしながら席につく。

ノワールが作った料理……パスタか？

見た目と匂いは非常に美味そうだが……どうだろう？

「ほら、冷めない内に食べてみて！」

ノワールは笑顔でそう言った。

だけど、リッカの料理の腕を知っている僕は、尻込みしてしまう。

隣を見ると、母さんも同じような感じ。

母さんから無言で睨まれた。先に食べろということだろう。

僕は意を決してパスタを口に運び、そして呟く。

「う、美味い……」

「え？　本当に？」

母さんも料理を口に運び、「美味しい」と零す。

こんなことで確かめるのもどうかと思うが、やはりノワールは間違いなくいるんだと、僕らは認識させられたのだった。


食事を終えて二時間ほどが経った。

リビングで休んでいると、ノワールが口を開く。

「あっ、そろそろ、リッカの意識が目覚めそうよ」

彼女の言葉に思わず反応する。

「本当なの!?」

「えぇ、今替わるわね」

ノワールはそう言うと、目を閉じる。

すると、彼女の髪が元の青い色に変化していく。

髪色が完全に戻ると、目がゆっくりと開いた。

僕は声を掛ける。

「リッカ……だよな？　大丈夫か？」

「あ、リュカ兄ぃ……」

「良かった！」

僕はリッカを抱きしめた。

ザッシュに背中を貫かれたあの日から、僕はリッカが心配で仕方なかった。

その気持ちが爆発してしまったのだ。

リッカは最初、恥ずかしそうにしていたが、抵抗することなく受け入れてくれる。

そうしてしばらくリッカを抱きしめたあと、僕は家族全員を呼び集めた。

第九話　リッカとノワール（ちょっと面倒です）

家族がリビングに集まった後、僕はリッカを含め全員に、ノワールのことを説明した。

しかし当事者であるリッカはノワールのことを聞いても、そこまで驚かなかった。

彼女曰く、これまでも何度か頭の中から別人の声が聞こえてくるような気がしていたらしい。

そしてリッカは頭を押さえながらうんうんと頷く仕草をし、「［ダブルキャスト］！」と唱えた。

その瞬間、リッカの体が二つに分身する。

しかし片方は髪と瞳が黒い。

先ほど見たノワールの姿そのものだ。

そして黒い髪の方が口を開く。

「よし、分離《ぶんり》出来たわね。初めましてリッカ！」

それにリッカも答える。

「初めましてノワール！　なんだか頭がスッキリした気分よ！」

「ちょ、ちょっと待ってよ！　これは一体？」

状況が分からず思わず尋ねてしまった。

すると、ノワールが答えてくれる。

「私の固有魔法［キャスト］の一種をかけたの。この魔法は意思と体を分離させられるというもの。まぁ、周囲の魔素《まそ》を大量に利用する魔法だから、この村の外では使えなさそうだけど」

確かにこの村の周囲には魔素が満ちている。

でも自身を分身させる魔法なんて聞いたことがない。

さすがは勇者といったところか。

僕は改めてノワールとリッカを見比べる。

二人は髪と瞳の色以外は、顔も服装も全く同じだ。

「ノワール、姿を変えられないかな？　髪の色が違うから見分けはつくけど、同じ顔と髪型の人が二人いると混乱するからさ」

ノワールが頷く。

「なら、前世の私の服装にするわ。メイク魔法！」

彼女はそう言って、姿を変えるメイク魔法を己にかける。

すると髪は腰辺りまで伸び、服も黒いコートに変わった。

ノワールは首を傾げて言う。

「これならどう？」

「うん、ありがとう。これで見分けがつくようになったよ。それで、ノワール、どうしてリッカと分かれたの？」

「ふふ、皆さんに私の存在を証明しようかと思って」

そう言ってノワールは、リッカの腰に差してある聖剣シャンゼリオンを鞘から抜き取る。

「あ、私のシャンゼリオン！　返してよ！」

リッカをなだめるように、ノワールは言う。

「これは私の魂がないと使えないの！　現にリッカ、今の貴女にシャンゼリオンの声は聞こえないでしょう？」

「えっ⁉　あっ、本当だ⁉」

ノワールはシャンゼリオンを鞘に戻す。

「ほらリッカ、シャンゼリオンを抜いてみて？」

リッカは彼女の言葉に従い、シャンゼリオンに手をかける。しかし刀身は鞘から抜けない。

僕は言う。

「シャンゼリオンは勇者にしか扱えない。そしてノワールの魂が抜けたリッカにシャンゼリオンが抜けないから、ノワールが勇者だと分かる、と」

「そう、これで他の人にも私が勇者だと信じてもらえると思って」

と一祖父ちゃんは言う。

「ふむ、確かにここまでされたら、認めるしかないのう」

他の皆も頷く。

その様子を見たノワールは満足げに笑い、再びリッカの腰からシャンゼリオンを抜く。

そして切っ先を僕の方に向けてくる。

「ねぇ……私、ずっとリッカの中にいたから、体を動かしたくなっちゃった。ちょっと付き合ってくれない？」

「えっ、それって、模擬戦をしたいってこと？」

僕が尋ねると、ノワールは頷いた。

とー祖父ちゃんが言う。

「ふむ、ワシも勇者の実力には興味がある。リュカ、相手をしてやれ」

僕らは、家の中にある訓練場へ向かう。


訓練場に着いて早速、僕とノワールはそれぞれの剣を手に向かい合う。

そして、とー祖父ちゃんが試合開始の合図をする。

ノワールはそれと同時に僕に迫り、剣で攻撃を仕掛けてくる。

動きに独特のリズムがあって、中々に受け流し辛い。

だが、先日戦ったザッシュに比べたらスピードもパワーも一段落ちるので、対処出来ないというほどではない。

僕は防御に徹《てっ》することにした。

攻撃を躱したり、剣で受け止めたりしながら考える。

この子を傷つけて、リッカの体にダメージはないのだろうか。

すると、ノワールが笑いながら言う。

「へぇ～？　リュカ君って、強いんだね？」

「そりゃどうも……っていうか、リッカと同じ声でリュカ君って呼ばれると変な感じだな」

僕の言葉に対し、ノワールは楽しそうに笑った。

「それじゃあリュカ君、少し本気を出すけど良いかな？　［ダブルキャスト］！」

すると、ノワールは先ほどと同じように二人になった。

ノワールは既に分かれた状態のはずなのに、更に分身出来るのか⁉

二人のノワールはタイミングをズラして攻撃を仕掛けてくる。

一人は接近して剣で……もう一人は遠距離から魔法で……くそ、やり辛い！

僕は剣や魔法を使いつつ、なんとか対処していく。

だが、ノワールはニヤリと笑って言う。

「やるねぇ、じゃあ一気に［ファイブキャスト］！」

今度はノワールが五人になった。

攻撃の手数が五倍に増えたらさすがに対処しきれない。

アトランティカを弾き飛ばされてしまう。

そして首元に剣を突きつけられた。

試合が終わった。

うーん、覚醒とかは使っていないし、全力ではなかったけど、完敗だ。

魔剣に支配されたザッシュにも敗北したし、ここのところ負けてばかりである。

すると、リッカが慌てて口を開く。

「あの、ノワールがあの強さってことは、それがいなくなった今の私ってどの程度の実力なのかな？」

とー祖母ちゃんがリッカの傍に近づく。

「どれ、私が見てやろう……」

そして手を広げ、リッカの体に魔力を通した。

「……どうやらありとあらゆる能力が大きく下がっているみたいさね。使える魔法の属性も減っているみたいだよ」

リッカは手を広げ、魔法を使おうとする。

しかし、何も起きない。

「本当だ！　聖属性以外の魔法が発動出来ない！」

リッカは闇を除く全ての属性の魔法が使えたはずだ。

だが今のリッカの手のひらからは、弱い聖力しか感じられない。

「調子が悪いんじゃない？　病み上がりだし」

僕の言葉に、リッカは首を横に振る。

「魔力も満タンだし、体力だって回復した。でも魔法が使えないの」

「つまり……リッカの能力は、ノワールのお陰で底上げされていたってことかな？」

リッカは子供のころから僕よりも遥かに魔法や剣術の才能があり、修業の呑み込みも断然早かった。同じ兄弟なのに不思議だなと思っていたが、それもノワールが宿っていたからだったのかもしれない。

「安心してよ、リッカ。聖女候補の旅をする時には貴女の中に戻るから。そうすれば力も元通りになるはず」

ノワールはそう言うと、とー祖母ちゃんは首を横に振る。

「いや、しばらくの間は、リッカに戻るのは待ってほしい」

「それは構いませんが、どうするおつもりですか？」

「リッカを一から鍛えなおすのさ。リュカも最初は人並みの力しかなかったが、死ぬような経験を経て今の強さを身に付けたからね！　リッカだってもっと強くなれるはずだよ」

とー祖母ちゃんの言葉に内心で頷く。

僕は子供の頃からお前は才能がないと言われ続けた。

そして何度も死ぬような経験……いや、実際に何度も死にながら修業に取り組み、ようやく今の強さを手に入れた。

リッカも修業すれば、ノワール抜きでも戦えるほど強くなれるはずだ。

だが、とー祖母ちゃんの言葉を聞いたリッカは青い顔をしていた。

まぁ気持ちは分かる。リッカも僕が味わってきた修業の辛さを知っているはずだからね。

その時のリッカは修業を免除《めんじょ》されて、楽ばっかりしていたなぁ。

昔からリッカも真面目にやっていたら……少しは違った状態になっていたのかも。

◇　◇　◇　◇

翌日、僕は庭で、ノワールが宿っていないリッカと母さん、そしてとー祖母ちゃんの三人と向き合っていた。

とー祖母ちゃんが口を開く。

「リュカ、［奈落］をうちら三人に施しておくれ。期間はとりあえず一年だ」

「分かった。現実の一日を、奈落の一年にしておくね。それが過ぎたら自動で解除されるようにしておくよ」

僕がそう言うと、リッカは絶望したような表情をした。

病み上がりなのにすまん、リッカ。でもとー祖母ちゃんには逆らえないからな。

僕はそう思いながら、リッカ、母さん、とー祖母ちゃんを［奈落］に閉じ込めた。

すると、後ろからノワールが現れ、声を掛けてくる。

「リュカ君、今の何？」

「［奈落］という闇魔法だよ。本来は罪人とかを長時間閉じ込める魔法なんだけど、修業の場所としても使えるんだ」

「リュカ君、闇魔法も出来るんだ。しかも面白い使い方！」

「ちなみに僕以外に、シオンも闇魔法を使えるよ」

僕がそう言うと、ノワールは思い出したように言う。

「シオン君って、少し前の戦いでリッカを助けようとしてくれた男の子ね。可愛い顔をしてたのに、相当強かったから覚えているわ」

可愛い顔……この前僕に抱き着いたことと言い、ノワールって男好きなのか？

あっ、そう言えばシオンにリッカが目覚めたことを伝えていなかった。

僕はシオンに念話で連絡する。

すると、シオンは明日、村に来ると言ってくれた。

それを伝えると、ノワールは「楽しみだなぁ」と言いながら、村を散策しにいった。

一人になった僕は、リッカのことを考える。

きっと今頃リッカはすごく苦しんでいるんだろうな。

なんだか久しぶりに辛い思い出が脳裏をよぎる。

閑話　遂に明かされる、とー祖母ちゃん以外の修業・前編（とってもハードな内容です）

アレは確か僕が十歳になって、修業を始めてすぐのこと。

僕とリッカは当時、とー祖父ちゃんに木刀を使って魔力を飛ばす飛刃系の技を教えられていた。

リッカはすぐにマスターしたけど、僕はいつまで経っても出来なかったんだよね。

懸命に木刀を振るう僕を見て、とー祖父ちゃんが言う。

「ふむ、リッカは才能があるが、リュカには才能が欠片もないな。これは修業法を変えるか……」

その言葉をきっかけに、リッカは鋼で出来た剣で、僕は鉛《なまり》で出来た特製の激重こん棒で素振りをすることになる。

リッカは最初は鋼の剣の重さに苦戦していた。しかし僕のこん棒はとー祖父ちゃんの特別性で桁《けた》違《ちが》いに重く、持ち上げることすら叶わない。

だけど、僕は懸命に努力し、なんとか二週間でこん棒を持ち上げられるようになったのだ。

そして更に一ヶ月後には素振りが出来るようになる……と、ここまでは良かった。

僕がなんとか素振りが出来るようになると、素振りの最中に、とー祖父ちゃんが「攻撃を躱してみよ！」と言って、隙あらば［ソニックブーム］を僕らに向けて撃ってくるようになった。

リッカは持っている武器が普通だったから躱せていたけど、僕は素振りするのに精一杯で、攻撃を躱す余裕なんてない。

当然、攻撃が放たれる度に、技が直撃する。

そんな僕を見て、とー祖父ちゃんは「こんな技すら躱すことが出来ないなんて情けない！」と言い続けた。

こんな修業を二年ほど続けて、［ソニックブーム］を躱しながらこん棒を振れるようになると、修業は更にエスカレートする。


ある日、僕はとー祖父ちゃんに鋼の剣を渡された上で、一人森の奥に連れてこられた。

「お前はどうも心が優しく戦士には向かない……なので、この森から村まで一人で帰ってこい！サバイバル生活を経て、お前の心は強くなるだろう。ちなみに魔法が使えないように封呪《ふうじゅ》の首輪をつけたから、己の腕っぷしだけで帰ってくるのだぞ！」

とー祖父ちゃんはそう言って僕に首輪を装着させて、どこかへ消えてしまった。

僕は泣きそうになりながらも、なんとか村に向かおうとする。

だが、まず村の方向が分からない！

後から分かったことだが、僕が置いていかれた場所は『迷いの森』という巨大なダンジョンだったらしい。

そこでは誰もが方向感覚を狂わされてしまうんだとか。

更にこの森、現れる魔物の強さが極端だった。

ただのウサギやスライムという弱い魔物も現れるが、スミロドンにオーガやアースドラゴン等のAランクモンスターも徘徊《はいかい》しているのである。

僕はなんとかそれらに見つからないよう懸命に移動した。

だが、首輪には遠隔《えんかく》で音声を発する機能が内蔵《ないぞう》されていて、定期的にとー祖父ちゃんが、大声で「森から出るのに何日掛かっているんだ！　さっさと出てこい！」と呼びかけてくるのだ。

そのせいで強い魔物に居場所がバレて死にそうになったことも一度や二度ではない。

そして四ヶ月かけてやっとの思いで村に帰ったのに、労《ねぎら》いもなく今度は別の場所に連れていかれることに。

そう、この修業はまだ序の口。

かー祖父ちゃんの特訓が待ち受けていた。

◇　◇　◇　◇

「喜べリュカ！　今日からは俺様が先生だ！」

僕の前で仁王立ちでそう口にするかー祖父ちゃん。

森から帰ってきて疲労困憊《こんぱい》だったのに、今僕はダンジョンの入り口らしき大穴の前に連れてこられている。

僕は絶望した。

かー祖父ちゃんの手加減のなさは、孫の僕が一番知っているからだ。

「よしリュカよ！　お前には俺が長年掛けて改造した、天然のダンジョンを攻略してもらう！」

改造したなら、それは天然ではないのでは⁉

そんなふうに返す間もなく、かー祖父ちゃんは続ける。

「お前には教えることが山ほどあるが、とりあえず最下層に送るので、そこから戻ってこい！」

かー祖父ちゃんはそう言うが、正直納得出来ない。

「あの……何の技術も授けず帰ってこられると思っているの？　それにここ……じっちゃんの弟子ですら一度も踏破出来なかったダンジョンだよね？」

「そう！　このダンジョンの難易度はSSS級だ！　様々なトラップが仕掛けてあるから、注意して進め！」

その言葉を聞いて、僕は思わず叫ぶ。

「いや、普通に死ぬから！」

「良いから行ってこい！　首輪だけは外してやる」

僕は首輪を外され、穴に落とされた。

中は滑り台になっており、五分滑り続けたところで地面に着く。

近くの壁には、百と刻まれている。

僕は思わず呟く。

「百ってまさか……このダンジョン、百層あるのか⁉」

ここはフロアを探索し、次のフロアに繋がる階段を見つけて移動していくような仕組みであると分かった。

その階層が百ってことは、つまり百回階段を上らなければ帰れないということである。

この時の僕は、まだ収納魔法を覚えていなかった。

つまり……食料の備蓄《びちく》など到底あるわけがない。


僕は絶望しながら四時間ほど掛けて、なんとか九十八層まで上がると、そこで……僕と同じくらいの大きさの、マンゴースパイダーという巨大クモと出会う。

［鑑定］で見ると、食用とは書いてはあるんだけど……とても美味そうには見えない。

だけど、腹が鳴りっぱなしだったので、僕は剣を抜いて……抜いて？

僕の腰に剣がなかった。

これも後になって分かったことだが、かー祖父ちゃんは僕を穴に突き落とす際に剣を取り上げていたらしい。

あたふたしているうちにクモが糸を発射してくる。

それは僕の足に巻き付き、気付けば僕は逆さ吊《づ》りにされていた。

僕はなんとか魔法で糸を焼き切り、地面に着地。

するとクモが向かってきたので、口の中に炎魔法を撃ちこんでやる。

それだけでクモは動かなくなる。

そしてクモの全身を炎魔法でこんがりと焼き、足をむしってその肉を食べた。

味はほとんどしないが、食感は村の川の近くに存在する魔物、ヘルクラブに近く、食べられないことはない。

「食材がダンジョンの中にいるなら、飢《う》えることはないかな……それなら上を目指すしかないか！」

僕は己を懸命に奮い立たせ、そう言った。


そこから更に二時間が経ち、僕は九十七層にいた。

周囲にはテーブルや椅子、机など、ダンジョンに似つかわしくない、木製の家具が散乱していた。

どう見ても怪しかったので慎重に近づくと、机が突如僕の腹に体当たりしてくる。

僕が咳き込んでいる間に、今度は椅子が背後に回ってくる。

椅子の肘《ひじ》あてがグインと伸びる。

その肘あては僕の胴体に巻き付き、椅子に座らせられる形で拘束された。

動けなくなった僕目掛けてまた机が接近してくる。

そして無防備な腹にボディブローを食らわせてきた。

「かはっ……くそっ、これもトラップの一種なのか？」

僕は力ずくで拘束から抜け出すと、家具達から距離を取り、［鑑定］を使う。

すると机も椅子も魔物だと分かる。

机の方はカーニヴァルテーブルのオス、椅子の方はワンダーチェアーのメスか。

更に鑑定画面には、二人は夫婦だと書かれていた。

椅子と机の夫婦って何⁉

そんなことを思いながら更に鑑定結果を詳しく見ていくと、『食用』と書かれている。

「これ……食えるの？」

どうみても、木材で出来たテーブルと椅子だけど？

僕は不思議に思いながら手の中に炎を出現させる。

すると、周囲にあった家具が全て動き出した。

どうやらここにある家具は全て魔物だったらしい。

視界に入る家具に手あたり次第［鑑定］を掛ける。

うん、おまけに全てが食用だ。

逃げるワンダーチェアーを拘束魔法で生み出したロープで縛り付け、手元に引き寄せる。

そして炎から逃げるカーニヴァルテーブルに向けて言う。

「上の階層に行きたいから、階段に案内しろ！　さもないと、奥さん？　を食っちゃうぞ！」

すると、旦那？　のカーニヴァルテーブルがゆっくりと移動を始めた。

ついてこいってことだな。

よし、これで楽に進める。

それから五分ほど歩いていると、突然地面に小さな穴が空き、僕は落下する。

その衝撃で、ワンダーチェアを拘束していたロープを離してしまう。

落下が終わり、地面に着地。周囲の壁を見ると百と書かれていた。

クソ！　あの家具、騙《だま》しやがったな！

僕は急いで九十七層に戻る。

道は分かっていたので、一時間ほどで戻ることが出来た。

先ほど落とされた場所に行くと、そこにはロープを外そうとしている家具夫婦の姿があった。

「面白い真似《まね》をしてくれるな！　動き回ったせいで余計に腹が減ったよ！」

怒りに身を任せ、炎魔法を放つ。

カーニヴァルテーブルは回避したが、拘束されていたワンダーチェアーは動けず、丸焼きになる。

僕はワンダーチェアに近づき、こんがり焼けた背もたれを引き千切って食らう。

食感は硬いがパンのような味がする。

すると、怒ったカーニヴァルテーブルが突進してきた。

炎魔法でカーニヴァルテーブルもこんがりと焼き、足をむしって食べる。

こっちはクッキーのような味がする。

これは面白いな！　他の家具はどんな味がするんだろう？

それから僕はこの階層にいる家具を探す。

するとすぐにタンスと食器棚《しょっきだな》の形をした魔物が見つかった。

二匹とも炎魔法で焼いて食べると、タンスはケーキのような、食器棚はチョコレートのような味がした。

喜々として家具を食べていると、近くで三段収納のカラーボックスが震えているのを見つけた。

その隣には二段、一段のカラーボックスが寄り添っている。

それらを［鑑定］すると、三段が旦那で二段が奥さん、一段が子供——どうやら家族らしい。

ツッコミどころが満載《まんさい》な魔物だ。どうやって子供を作るのだろう。

まあそんなことはどうでもいいか。

僕は奥さんと子供のカラーボックスを拘束した。

「おい、今度はお前が階段まで案内しろ！　もし騙したら、子供を食うからな」

するとカラーボックスは、頷くように身を震わせ、進みだした。

やがて、上のフロアに行ける階段を見つけた。

よし、今度こそ嘘じゃなかったな。

僕はカラーボックスの拘束を解いてやり、お礼を言って階段を上がった。


それからも休憩を取りつつサクサク進んでいく。

道中ではベッドやソファなどの家具の魔物に加え、壺《つぼ》や絵画の魔物なんかにも遭遇した。

また魔物だけでなく、宝箱も目にするようになったな。

しかし僕はそれらを全て無視して進んだ。

かー祖父ちゃんのことだから、開けたら大爆発とかありそうで怖いし。

そんなこんなで八十層まで来たところで、僕は少し悩んでしまう。

階層の最奥に大きな扉と、その手前に台座を見つけたのだ。

この階層は全て見たから、この奥に階段があるのは間違いないのだろうが……どうやって開けるのだろう。

とりあえず扉を押してみるが、ビクともしない。

すると、その近くに文字が刻まれているのを見つけた。

そこには、『宝箱を開けろ』と書いてある。

……なるほど、この階層に来るまでの宝箱のどれかの中に鍵があったのか。

うーん、慎重になりすぎたかな。

僕はそう思い、これまで来た階層を戻り、［鑑定］を使いつつ、安全だと判断した宝箱を開けていった。

だが、鍵はおろか、アイテム一つ出てこなかった。

不思議に思いながら再度八十層まで戻り、改めて扉全体を見回す。

すると扉の端のところに非常に小さく、『台座の後ろを見ろ』と書かれていた。

くそ、しっかりと観察したら、扉を開ける方法が見つけられる仕組みか。意地が悪いな！

なんとも無駄な時間を過ごしたものである。

台座の後ろを見ると、そこには文字がこう刻まれていた。

【馬鹿～がみ～る～～～！】

は？　なんだこれ？

そう思い周囲を見渡すと、天井に光る文字が浮かび上がった。

【アホがみ～る～！】

すると、今度は前方の扉に、尻を向けた豚の絵と光る文字が浮かぶ。

【ブタのけ～つ～ブヒ～～～！】

その光景を見た僕は思わず叫ぶ。

「くっ……ぐわぁぁぁぁ！　マジでぶっ飛ばすぞ、あのクソジジィ！」

すると、台座の横の地面が開き、そこから石碑《せきひ》が現れた。

そこにも文字が浮かんだ。

【すまんすまん、今度は本当に扉を開ける方法を伝授するので最後まで読むように！　台座に触れて魔力を流すと開く……】

くそ！　ふざけやがって！

僕は怒りながら台座に手を載せて魔力を流した。

すると、地面のタイルが突然消失した。

僕は抵抗することも出来ず、落下する。

着地し周囲の壁を見ると、そこには『百』と書かれていた。

「は？　え……なんで!?」

僕はそう言うしかなかった。

三日かけて八十層まで戻り、改めて石碑を見た。

すると、そこには追加でこう書かれていた。

【台座に触れて魔力を流すと開く……というのは真っ赤な嘘で、落とし穴が発動して落ちるんだよ～ん！　本当は、台座の前で足を肩幅まで広げて膝を曲げて中腰になり、手を頭に当て、極度に酸《す》っぱい物を食べた時のような表情を作ると開く！】

あのジジィ、どこまでもふざけやがって！

これも絶対に嘘だ！

僕は怒りをこらえながら次の文字が浮かぶまで待つことにした。

ところが、どれほど待っても次の文字が浮かぶ様子はない。

まさか、本当にここに書かれたポーズで開く仕組みなのか？

僕は半信半疑で言われた通りにポーズをしてみた。

その直後、石碑に次の文字が浮き上がった。

【……わけはない！　何ヘンテコなポーズしているの？　ばっかみたい～オポポ～～～！】

クソ！　あのジジィ、魔法で僕のことを見ているんだな！

じゃなきゃこんな的確なタイミングで文字が浮かんでくるわけがない！

僕は頭に来て、扉に向かって全力で魔法を放つ。

もう扉をぶっ壊して進んだ方が早いという判断だ。

だけど、扉には傷一つ付かず……代わりに石碑に文字が浮かんできた。

【この扉はオリハルコン製で～そんな魔法じゃ破れないよ～！　無駄な努力をごくろうちゃ～ん！】

……さすがにもう限界だった……

僕は忠告を無視して扉に手当たり次第に魔法を放ち続ける。

「ふざけるなぁぁぁぁぁぁ！」

その時、両手に宿した魔力が融合し、膨《ふく》れ上がっていく感覚があった。

僕はその魔力を思い切り扉に叩きつける。

すると、扉は粉々に砕け散り、次の階層に進む階段が現れた。

僕はこうして、複合統一魔法を習得したのだった。


そこからの階層は、トラップの嵐だった。

床の模様を踏むと、壁から弓矢や火炎放射、天井から槍、地面には落とし穴、道を塞ぐ巨大なメイスの振り子……例を挙げればキリがない。

それでも僕はなんとか魔法を駆使して進んでいった。

そして五十層に向かう階段にたどり着く。

「半分でコレか……あのジジィのことだから、この先もロクな仕掛けを用意していないだろうが……」

僕はそう呟きながら階段を上がり扉を開ける。

すると、そこは真っ暗な空間だった。

光魔法や炎魔法を放っても、なぜか周囲は一向に明るくならない。

仕方ないので手探り状態で進んでいくが……当然段差に躓《つまず》いて倒れたり、天井に頭をぶつけたり、果てはトラップを踏み、下の階層に落とされてしまう。

そんなことを繰り返すうちに、次第に暗闇の中でもなんとなくものの場所が分かるようになった。

そうしてどうにか五十層を踏破。

階段の前に石碑があり、こう書かれていた。

【ここまで来たのはお前が初めてだ！　おめでとう、特別に報酬を用意するから、目の前の赤いボタンを押せ！】

石碑の下には赤いボタンがある。

僕は心が折れかけていたのもあって、ついボタンを押してしまった。

すると地面から飛び出してきた石柱が股間《こかん》を強打した。

僕が股間を押さえて苦しんでいると、先ほどの文章の下に、新たに文字が浮かんだ。

【学習能力がないのぅ……お前は馬鹿か？】

それを見た僕は本気でキレた。

両手に全力で魔力を込める。

六種の属性が集まっていくのを感じた。

僕はそれらを限界まで圧縮し、ダンジョンの真上に向かって放つ。

「貫け！　［マクスウェルブレイカー］!!」

瞬間、放たれた光はダンジョンを全て貫通し、地上へと続く穴を開けた。

そこから地上に出ると、かー祖父ちゃんが地面に膝を突いて蹲っていた。

「俺のダンジョンが、俺の最高傑作が……リュカよ、何をしてくれたんだ……」

「かー祖父ちゃん、ごめんなさいは？」

「お……おい、リュカ！　それは本来ならお前が俺に言うべき――」

「あぁ!?　何か言った!?」

僕はそう言って、［マクスウェルブレイカー］をかー祖父ちゃんの足元に放った。

すると、かー祖父ちゃんは土下座して僕に謝ってくる。

「す、すまんかった！」

僕のダンジョン修業はこうして幕を閉じ……たなら良かったのに。


二ケ月ぶりに外に出た僕は家に帰り……食事を摂《と》り、自室に戻った。

そしてそのままベッドにダイブして眠りに就《つ》こうとした瞬間――掛け布団が巻き付いてきた。次いでマクラが顔にへばりついてくる。

僕はとっさに火魔法を発動。

すると、フトンやマクラは一斉に僕から離れた。

こいつら、ダンジョンで見た、家具に化けた魔物と同系種か!?

周囲を見渡すと、部屋の壁に文字が浮かんだ。

【人間、気を抜いた瞬間が一番無防備になる……油断したな、孫よ！】

「やってくれるな……あのジジィ!?」

僕は魔物を火魔法で焼き払い、ダンジョンの穴の前へ。

そこにはかー祖父ちゃんがいた。

彼は僕を見て笑う。

「リュカよ、疲れた時こそ気を抜いてはならん――」

だが僕はその言葉を無視し、両手に魔力を集める。

「火・水・風・土・雷・氷……六種複合統一魔法・最大出力」

「おい、リュカ……何をしている？　何をするつもりだ!?」

「消え去れ！　『プラネットブレイカー』!!」

「やめろぉぉぉぉぉぉぉぉ!!」

僕はかー祖父ちゃんの叫びをスルーしつつ、ダンジョンの穴に全力の魔法を叩き込んだ。

これであのダンジョンは完膚《かんぷ》なきまで破壊できただろう。

「今度また僕のベッドに細工をしてみろ！　この魔法をじっちゃんに向けて撃つからな！」

僕は、大泣きするかー祖父ちゃんにそう言い残し、家に戻った。

あんなダンジョン……消え去った方が世のためだ！

そして倉庫に隠されていた僕がいつも使っている寝具をセットして、やっと眠りに就いたのだった。

閑話　遂に明かされる、とー祖母ちゃん以外の修業・後編（魔道具使いのアーシア……かー祖母ちゃんです）

かー祖父ちゃんのダンジョンを破壊した翌日、僕は、かー祖母ちゃんの修業を受けることになった。

とはいえこれまでとは違い、修業場所はかー祖母ちゃんの研究室の中だった。

研究室に入ると、かー祖母ちゃんが話しかけてくる。

「昨日からずっとブライアンが落ち込んで泣いていたけど、何かしたのかい？」

「かー祖父ちゃんのダンジョンを破壊した」

僕の言葉に、かー祖母ちゃんは納得したように頷く。

「それでか……私のところにダンジョン魔道具を取りに来たのは……」

「ダンジョン魔道具って何？」

「私が作った魔道具さ。ダンジョンのコアと融合させると、そのダンジョンを好きなように改造出来るようになるの」

ダンジョンそのものに干渉する魔道具なんて、聞いたこともない。

そんなものを生み出せるなんて、やっぱりかー祖母ちゃんは凄いな。

かー祖母ちゃんは説明を続ける。

「まぁ、細かい設定をいじるのは大変でね。ブライアンは五年くらい掛けてあのダンジョンを完成させたらしいけど」

その言葉を聞いた僕は溜息を吐く。

「はぁ……五年も掛けてあんなくだらないものを作ったのか……」

そして今まで疑問に思っていたことを聞くことにした。

「かー祖母ちゃんって、どうしてかー祖父ちゃんと結婚したの？」

「突然どうしたんだい？」

「だって、かー祖父ちゃんって……自由奔放《ほんぽう》で他人への迷惑を顧《かえり》みない豪快な人じゃん。どうしてそんな人を知的で研究熱心なかー祖母ちゃんが好きになったのかなって」

僕がそう言うと、かー祖母ちゃんは少し考えてから口を開く。

「……そうだねぇ……性格が似ていたのさ」

それからかー祖母ちゃんは昔話をしてくれた。

かー祖母ちゃんは、元々聖女候補の一人だった。

だけどその任を途中で放り出して、趣味の魔道具研究に没頭するようになってしまったんだと。

かー祖母ちゃんは懐かしそうに言う。

「私は自分の好きなことに対してはとことん打ち込む人間だからね。だから自由で好き勝手に生きるブライアンに惹《ひ》かれたのさ」

なるほど、一見正反対なようでも、二人には似たところがあるんだな。

僕がそう思っていると、かー祖母ちゃんが改めて口を開く。

「それより修業を始めるよ。まぁ修業と言っても魔道具のじっけ……いやいや、使い心地を試してもらうだけでいいからさ」

「ん、何か言った？　まぁ、使い心地を試すくらい別に良いけど……」

途中良く聞き取れない箇所があったので首を傾げていると、かー祖母ちゃんは棚から三十センチくらいの長さの金属の筒を取り出し、起動する。

すると地面に一人用のベッドが現れた。

研究室の中にも余裕で入るくらいの、コンパクトな大きさである。

「これは冒険者用で、簡易《かんい》ベッドを出現させる魔道具なんだけど、寝心地を試してほしいのよ」

かー祖母ちゃんの言葉に、僕は頷く。

「これに寝れば良いんだよね？」

僕は言われるがまま、横になった。

マットレスがフワフワで、掛け布団も柔らかく、枕の硬さも絶妙だ。

「まるで貴族のベッドみたい……ん!?」

だがその瞬間、掛け布団が急に僕の体に巻き付き、枕が口を塞ぐ。

昨日のベッドの魔物よりも、遥かに締め付けが強力だ。

「んんが……んんがぁ～～～!!」

僕は必死にもがくが、どうにもならない。

手が封じられているので、魔法も上手く発動出来ない。

「んがががが！　んがぁぁぁぁぁ！」

目に涙を浮かべながらかー祖母ちゃんを見るが、平然としている。

ベッドの拘束は意識を失う寸前で解除された。

「ぐっ、ごほっ、はぁはぁ……祖母ちゃん……これは何？　なんで途中で助けてくれなかったの？」

「このベッドは忙しい冒険者でもすぐに眠れるよう、使用者を窒息《ちっそく》させて眠らせる機能を持っているのさ。途中で助けちゃ、試す意味がないだろう？」

悪びれずにそう言うかー祖母ちゃんに対して、ふつふつと怒りが沸《わ》いてくる。

「このクソババァ！　孫を殺す気か!?」

「誰がババァよ！　本当に殺してやろうか!?」

修業させられないと思って安心していたけど、これならまだ修業の方がマシだ！

「では、次を……」

かー祖母ちゃんはそう言って、棚から別の魔道具を取り出した。

僕はかー祖母ちゃんに叫ぶ。

「ふざけんな！　もう帰る！」

「どうしてだい？　リュカは実験台になってくれるって――」

「今実験台って言ったな!?」

このババァ、ついに本性を現しやがった！

僕の言葉に、かー祖母ちゃんは『しまった』という顔をする。

「あっ……まぁ、もうこの際仕方ないね。そうよ、リュカには実験台になってもらいたいのよ」

「開き直ったな、ババァ！」

「ふむぅ……リュカは口が悪いねぇ」

僕は急いで部屋から出ようとする。

しかし、かー祖母ちゃんが近くにあった別の魔道具を起動したことで、全身を縄のようなもので拘束され、床に転がされてしまう。

いくら力を込めてもびくともしない。

僕は助けを求めて叫ぶ。

「誰か来てくれぇ～～～！　僕は死にたくない！」

だが、かー祖母ちゃんは聞く耳を持たず、棚から黒い筒のようなものを取り出す。

「大丈夫よ、これを使ったって死ぬことはないから……たぶん」

「いま、たぶんって言ったよね!?」

「往生際《おうじょうぎわ》が悪いわねぇ……覚悟を決めて大人《おとな》しくなさい！」

かー祖母ちゃんが筒の中身を解き放つと、中から人型の黒いボロキレのようなものが飛んできて、目の前に着地する。

「ちょ、何これ⁉」

「スペクターを封じ込めて、使役《しえき》する魔道具だよ」

「はぁ⁉　めちゃめちゃ危険じゃないか⁉」

スペクターはレイスという、力を吸い取る特徴を持つ魔物の上位種で、人の命や、感情、更には魂まで吸い取ってしまう。

本来であれば、触れるだけでも命に関わるほど危険な魔物だ。

そんなのに無抵抗のままやられたら、本当にヤバい！

「くそっ！　聖なる霊よ、我に仇《あだ》なす敵を討て！　[ディバインセイ――]」

僕が魔法を使おうとした瞬間、かー祖母ちゃんが魔法を使えなくする魔道具［静寂《せいじゃく》の鐘《かね》］を鳴らした。

これで僕は抵抗する手段を失った。

おいおいおい！　本当にマズいって！

スペクターの不気味な顔が近づいてきた。

僕は縋《すが》るようにかー祖母ちゃんを見る。

「まだ死にたくないよー！」

「大丈夫よ。使役されているスペクターは命までは吸わないわ。ちょっと元気を吸うだけ……のはず」

スペクターは僕の体に覆《おお》いかぶさってくる。

すると体中から急速に力が抜け、徐々に思考がまとまらなくなる。

「かかかかぺーかぺー、かかかぺーぺぺぺーーーー」

僕はぼんやりした頭でなんとか言葉を発するが、かー祖母ちゃんは意にも介さず言う。

「では、次行くわよ……こっちのスペクターは、人の欲を吸い取るのよ！」

「かーかぺかぺーかかかぺーーー」

そしてかー祖母ちゃんはもう一つ筒を取り出し、更にスペクターを呼び出した。

そいつも僕に覆いかぶさってくる。

「……はみゃ、みゃみゃみゃーん……」

「リュカ……ちゃんと喋りな！」

「はみょーん」

「ダメだわ……言語機能がイカれている……まぁ後一つあるし、こっちも試しちゃいましょう」

その言葉を最後に、意識を失った。


後になって聞いたことだが、スペクターに襲われた日からおよそ一ヶ月の間、僕は意識はあるものの一言も喋らず……膝を抱えたまま、ひたすら宙を見つめていたらしい。

その時のことを全く覚えていない。

ちなみにスペクターは、体に宿る呪いを吸い出してくれないかと、かー祖母ちゃんが僕を思って作ってくれたらしいが……どーだか！

まぁそれでもさすがに、あの日からしばらくの間かー祖母ちゃんには、僕との接近禁止令が出されたんだよな。

ふぅ……改めて思い返しても、やっぱり僕のしてきた修業って危険過ぎるよな。

リッカが無事であることを祈ろう。

翌日、［奈落］が解除された。

庭に様子を見に行くと、とー祖母ちゃんと母さんは親指をグッと立ててきたが、リッカは死んだ魚のような目をしていた。

やはり、相当過酷な修業だったんだな……ご愁傷様《しゅうしょうさま》だ。

そんなふうに思っていると、リッカが僕の胸に飛び込んできたので、軽く抱きしめ頭と背中をポンポンとしてやった。

第二章
「きゅ～ゆ～？　とさいかい！」

Makyo Sodachi no
All-rounder Ha
Isekai de Suki Katte Ikiru!!

第一話　魔猟祭の準備期間・前編（地獄行きのチケットを配布します）

リッカが修業から帰ってきて一週間後、僕らは聖女の旅を再開することになった。

結局、シンシアとクララがパーティを抜けることについて、リッカとガイアンは承諾《しょうだく》してくれた。

リッカは寂しそうな顔をしていたが、二人の決意を聞いて納得したようで、抱き合って別れを惜《お》しんでいたな。

シンシアとクララはひとまず故郷に帰るというので、僕は転移魔法で実家の近くへ送ってあげた。

だが、喜ばしいこともあった。

シオンが僕達のパーティに加わってくれたのである。

先日村を訪れたシオンに改めてパーティに加わってくれるか聞くと、快く了承してくれたのだ。

僕、リッカ、ガイアン、シオン、シドラ。

これが僕の新しいパーティメンバーである。

僕らは準備を終え、早速転移魔法で出発しようとして――と祖父ちゃんに呼び止められた。

「リュカよ、少し待て！」

「どうしたの？」

「旅に出る直前に悪いが、頼みたいことがあってな。いいか？」

「別に急がないし、大丈夫だよ」

「ありがたい。頼みというのは、これだ。この手紙を渡してきてほしいのだ！」

とー祖父ちゃんはそう言って、僕に沢山の手紙を渡してくる。

宛先はガーライル侯爵家や、少し前に家族の皆が修業してあげた冒険者パーティ【森林《しんりん》の深淵《しんえん》】、剣闘士のグレッグさん、そしてシオンの実家であるグラッド家など様々だ。

共通点は、【黄昏の夜明け】の弟子達だということ。

「魔猟祭のために人を集めるってこと？」

僕がそう尋ねると、とー祖父ちゃんが頷く。

「あぁ、そうだ。魔猟祭まで二週間を切ったのでな。本当はもっと前に連絡をしておくべきだったのだが、リッカのことでバタバタしていたからの」

確かにここ最近は色々と忙しかった。

だからすっかり失念していたが、もうすぐ魔猟祭が始まるんだよな。

「もし参加してくれる人が少なければ、お前達にも手伝ってもらわんといけなくなるからな」

そう言って、とー祖父ちゃんはニヤリと笑う。

ヤバい！　魔猟祭に参加させられたら、旅どころじゃなくなる！

「分かった！　何がなんでも連れてくるよ！」

そんな僕の言葉に、リッカも凄い勢いで頷いている。

ガイアンとシオンは状況が分かっていないようだが、僕らの必死さは伝わったみたいだ。

よし、それじゃあパッパと手紙を渡しに行こう。

転移魔法を使えば遠い場所にいる人にもすぐ渡せるはずだ。

僕はそう思い、改めて手紙を見る。

「うーん……結構な数があるなぁ」

そう呟くと、シオンとリッカが口を開く。

「手分けしませんか？　僕も転移魔法は使えますし」

「私もノワールの力を借りれば、転移魔法が使えるわ」

するとリッカの周囲に魔力が吹き荒れ、彼女の髪と瞳が黒色に変わった。

リッカとノワールは再び一つになったのだが、こうやってノワールの力を前面に出すことが出来るようになったらしい。

ちなみに、今の状態を「モード・ノワール」と呼ぶとのこと。

僕は二人の言葉に頷く。

「それじゃあシオンはグラッド家に向かってくれるかな。リッカは魔法学園に行ってほしい。ピエール学園長宛ての手紙があるし」

ピエール学園長は、僕らが忍び込んでいた魔法学園の学園長で、とー祖母ちゃんの弟子でもある。

ガイアンが言う。

「それじゃあ転移魔法の使えない俺はリッカについていこう。学園の近くにグレッグさんがいる闘技場があるから、挨拶ついでに届けてくるよ」

グレッグさんはガイアンの兄弟子でもあるから、積もる話があるのだろう。

そんな感じでそれ以降も手紙を仕分けていく。

僕の担当はガーライル侯爵家と【森林の深淵】、あとはカイナートの南東に位置するガナーシュ村にいるデンゼンさんという人に決まった。

ガナーシュ村はガイアンの故郷。

少し前に行ったことがあるから移動が楽でいいな。

ちなみに自分の担当が終わったら、カナイ村で待つことになっている。


僕はまずガーライル侯爵家の前に転移した。

屋敷の呼び鈴を鳴らす。

すると執事のグラーフさんが出てきた。

事情を説明すると、グラーフさんは申し訳なさそうな顔で言う。

「魔猟祭ですか……そういえばジェスター殿が以前話されていましたな。しかし申し訳ありません。ただいま旦那様もアリシア様もファルラウト王国の方に行っておりまして。明後日には戻られる予定なのですが……」

明後日か、久しぶりにアリシア様に会えるかと楽しみにしていたけど、そこまで長く待つのは厳しいな。

まぁでも魔猟祭には間に合いそうだし、問題はないかな。

僕はグラーフさんに手紙を預け、ガーライル侯爵に渡してくれるよう頼んだ。

「承《うけたまわ》りました。旦那様にお伝えしておきますね」

グラーフさんに一礼してから、再度転移する。


次の転移先はカイナートの冒険者ギルドの前。

早速ギルドの中に入り【森林の深淵】のリーダーであるガレットさんの姿を探す。

【森林の深淵】は主にカイナート付近で活動しているから、ここにいるかもと思ったのだ。

だが、ガレットさん達は見当たらない。

仕方ないので受付に行き、サーシャさんに尋ねる。

彼女が言うには、【森林の深淵】のメンバーはムシュル渓谷《けいこく》にあるダンジョンの探査に向かったとのことだった。

ムシュル渓谷には行ったことがあるが、ガレットさん達がダンジョンのどこにいるか分からないとなると、まずはデンゼンさんのところかな。

僕はそう思い、ガナーシュ村に転移した。


ガナーシュ村に着いた僕は、通りすがった男性に声を掛ける。

「あの、デンゼンさんという方はどちらにおられますか？」

「デンゼン師範《しはん》なら、たぶん村の中央の道場にいると思いますよ」

へぇ～、道場の師範なのか。

いや、ガナーシュ村で師範……待てよ!?

頭をよぎった考えをひとまず置いておき、男性にお礼を言う。

「ありがとうございます」

たぶんデンゼンさんの道場には行ったことがある。

僕は歩いてそこまで行き、道場の戸をノックする。

すると髭《ひげ》を生やした筋骨隆々《きんこつりゅうりゅう》な男が現れた。

彼は僕を見て驚く。

「むっ、お前はあの時の小僧だな？　何しに来た？」

「あの、貴方はデンゼンさんですか？」

「それがどうした!?　また殴り込みに来たのか!?」

デンゼンさんはそう言って、僕を睨みつけた。

僕は過去にガイアンを探してガナーシュ村を訪れた際、この道場に来た。

その際、なぜか僕がガイアンを追放したと勘違いされ、道場の人に襲われたのだ。

ま、全員返り討ちにしたんだけど。

にしても、まさかここの師範がデンゼンさんだったなんてね。

デンゼンさんは僕の腕を掴み、無理やり道場の中に引っ張ってくる。

「クソ、今度こそ負けんぞ！　皆来てくれ！」

その言葉を合図に、お弟子さんらしき人々が沢山現れる。

相変わらず人の話を聞かないなぁ……

僕は以前と同じように、「気」を周囲に放って威圧する技［剣聖覇気《けんせいはき》］を放ち、弟子達を全員気絶させる。

「ぐぅっ、またしてもか！　だが私は負けんぞ！」

そう言って、こちらを憎々《にくにく》し気に睨んでくるデンゼンさん。

僕はそんな彼に手紙を差し出した。

するとその手紙を見たデンゼンさんは顔を青くした。

「これは……ブライアン師匠の印⁉」

「あぁ、貴方はかー祖父ちゃんの弟子だったんですね！」

僕がそう言うと、デンゼンさんは首を傾げる。

「かー祖父ちゃん？」

「ブライアン・グランマーザは、僕の母方の祖父なんです」

その言葉を聞いたデンゼンさんは、途端に姿勢を正す。

「し、師匠のお孫さんとは……そうとは知らず数々の無礼を働いてしまいました。どうかお許し下さい！」

そう言って、頭を下げるデンゼンさん。

いきなりこれほど態度を変えるなんて、よっぽどかー祖父ちゃんが怖いのだろう。

「いえ、それは構いません。それよりそちらは魔猟祭への招待の手紙でして……デンゼンさんは来られますか？」

すると、デンゼンさんはわざとらしい笑みを浮かべる。

「いやー予定は空いているんですが、これから準備を始めてカナイ村に向かうとなると……距離的に到着は魔猟祭が終わった頃になってしまうかもしれず……」

「あ、その点はご安心下さい！　僕は転移魔法が使えますから、時間があるなら今から行きましょう！」

僕の言葉を聞いて、デンゼンさんは滝のように汗を流し、顔もどんどん青くなっていく。

やっぱりこの人、適当なこと言って逃げる気だったな。

そうはさせない。

僕はデンゼンさんの両肩を強く掴み、逃げられないようにする。

「あ、あの、私は仕事が……」

「先ほど予定は空いていると言っていたではないですか。では、行きましょう」

僕は以前の仕返しを含めてにっこり笑い、カナイ村に転移した。

そしてすぐにデンゼンさんを家の中に連れていく。

すると、家にいたかー祖父ちゃんが手を叩いて喜ぶ。

「お主は……デンゼンか！　来てくれて嬉しいぞ！」

「は……はぁ、師匠も相変わらずお元気そうで……」

デンゼンさんは少しひきつった笑顔でそう言った。

しかしかー祖父ちゃんは、デンゼンさんの体つきを見て、すぐに険《けわ》しい表情になる。

「デンゼン、お主、太ったか？」

「え、あ、まぁ、最近は弟子の育成がメインになりましたから。現役時代より体を動かす機会は減ったかもしれませんね……」

「師匠がそんな体《てい》たらくでは弟子が気の毒であろう」

「い……いえ、そんなことは……」

「なぁに、魔猟祭まではまだ時間がある。今から鍛え直してやろうぞ！」

かー祖父ちゃんはそう言って、デンゼンさんの首根っこを掴む。

「ぼ、坊ちゃん、助けて！」

デンゼンさんは僕にそう言ってくるが、当然無視する。

「何を怯える必要がある！　行くぞ、ふはははははははははーーー!!」

「ギャー、し、死ぬーーーー!!」

デンゼンさんはそう叫びながら、かー祖父ちゃんに連れていかれた。

まぁ、死ぬことはないだろう……たぶん。

僕はそう思いながら、今度は【森林の深淵】を迎えにムシュル渓谷に転移したのだった。

ムシュル渓谷には行ったことがあったため、転移魔法ですぐに移動出来た。

その後は浮遊魔法を使いながら移動し、ダンジョンを探す。

この辺りにダンジョンがあるなんて話は聞いたことがない。

きっとつい最近発見されたのだろう。

そんなことを思いながら周囲を探していると、十分ほどであっさりと入り口と思しき洞窟を見つけることが出来た。

その前にはギルド職員の服を着た人が立っている。

僕は入り口に近づくと、職員の人に止められる。

「ここから先は難易度Bランクのダンジョンが広がっている。Cランク以下の冒険者は進めないぞ！」

「それなら大丈夫です。僕はSランクですので」

そう言って彼にギルドカードを渡す。

職員は三十秒ほどかけてそれを確認した後、敬礼をしながらカードを返してくれた。

「失礼しました！　英雄リュカ・ハーサフェイ様ですね！」

「通っても良いですか？」

「はっ！　ですが、こちらのダンジョンはまだ探査が進んでおらず、未知の敵が出る可能性がありますが……」

へぇ、やっぱり最近見つかったダンジョンなんだな。

これは珍しいモンスターや、宝なんかも見つかるかもしれない。

ギルド職員が心配そうな表情で見てくるので、僕は冗談っぽく言う。

「ありがとうございます。でも魔王より強くない限り、大丈夫ですよ」

そして洞窟の中に入りぐるっと一周すると、階段を見つけた。

なるほど、フロアを探索し、下に降りていく系のダンジョンか。

僕は索敵魔法を展開する。

すると、下層の方に覚えのある魔力反応があった。

【森林の深淵】が発しているのだろう。

それなりに下の方にいるようなので少し心配になるが、すぐに気持ちを改める。

ガレットさん達はダンジョン探査が得意だし、特にメンバーであるギルディスさんの斥候《せっこう》としての能力は、かー祖父ちゃんも歴代の弟子で五本の指に入ると絶賛していたほどだったもんな。

そんなことを考えながら、僕はのんびりと階段を下った。

◆　◆　◆　◆

僕、シオンは実家の屋敷の前に転移した。

僕が預かった手紙は二つ。

父さん宛てと、デルシェリア公国の公王《こうおう》陛下に仕える叔父《おじ》のガスターさん宛てだ。

僕は屋敷のドアを開け、中に入る。

リビングに行くと、家族皆で昼食を摂っているところだった。

「むっ、おぉ、シオンか⁉　突然どうしたのだ？」

父さんが部屋に入ってきた僕を見てそう言った。

皆も僕を見つめている。

「父さん宛てにジェスター様より手紙を預かっております」

そう言って父さんに近づき、手紙を渡す。

ジェスターという言葉を聞いた瞬間、父さんがビクンとした。

父さんは食事の手を止め封を開けると、恐る恐るといった感じで中を確認する。

その瞬間、父さんは悲鳴を上げた。

父さんの手紙を覗き込んだ母さんも、驚いた顔をした。

僕も内容が気になり、父さんの背後に回る。

手紙には、こう書かれていた。

【カリバリオン、久しいな。実はカナイ村で近々魔猟祭が行われることになった。お前の妻のプラムディアと弟のガスターを連れてカナイ村に来い！　腕が鈍っていないかを見定めてやるからすぐにな。もしもワシの期待以下の実力しかなかった場合は、家には当分帰れないと思え！】

こんな文面を見たら、悲鳴を上げるのも無理はないのかもしれない。

僕もカナイ村に滞在した時に少しだけリュカさんに話を聞いたが、【黄昏の夜明け】の方々は本当に厳しいらしいからね。

というか、母さんの名前も知っているということは、母さんもジェスター様の弟子だったのかな。

「ふ、ふむ……ジェスター様には申し訳ないが……今私はデルシェリア公国の公王陛下に呼ばれておってな」

父さんがそう言うと、封筒からもう一枚紙が落ちる。

僕はそれを拾って読み上げた。

「えっと、『お前の任務は知っている。小僧には事情を伝えてあるので安心しろ。それ以外のことも詳しくはガスターに話してある。とりあえず来い』……えっと、小僧って公王陛下のこと……ですよね？」

公王陛下を小僧呼ばわり出来るジェスター様って、一体なんなんだ？

僕はそんなことを思いつつ、父さんに手紙を返した。

「えっと、それでは僕はおじさんにも手紙を渡しに行こうと思いますが……」

家の空気が気まずくなったので、次の手紙を届けにいくか……

そう考えてそろそろ退散しようとしていると、父さんが叫ぶ。

「私も連れていってくれ！　ガスターから直接話を聞きたい！」

それから僕は父さんとともに、おじさんのいるデルシェリア公国に転移した。

そして公国の騎士宿舎の入り口に行くと、なぜかちょうどそこにガスターおじさんが立っていた。

その手には、書簡《しょかん》がある。

「一体なんだ。それは……？」

虚ろな目をしたおじさんが書簡を渡してくる。

父さんはそれを受け取り内容を読み上げる。

「何々……『カリバリオン殿並びに、ガスター将軍の任を一時解く。ジェスター様のお手を煩《わずら》わせぬように、しっかりと務めを果たせ！』……だと！」

読み終わった後、二人は地面に手をついて絶望的な表情を浮かべている。

どうやらおじさんの元へは、公王陛下経由で話が伝わっていたらしい。

一国の王を動かせるって、本当に【黄昏の夜明け】は凄いんだな……

もはや説明不要と思いつつも、一応ガスターおじさんにも手紙を渡した。

その後、僕は父さんとガスターおじさんを連れて、再度屋敷に転移する。

屋敷では、母さんがカナイ村へ行く準備を進めているところだった。

兄弟達の世話は、屋敷の執事やメイドに任せるらしい。

やがて準備が終わったので、僕は父さんとおじさん、母さんを連れてカナイ村に転移した。

カナイ村に着いた僕は、父さんと母さん、ガスターおじさんをジェスター様の家の前に連れていく。

三人は、ジェスター様を見てすぐに頭を下げる。

「「「師匠、お久しぶりでございます」」」

「うむ、三人とも……懐かしいな！　しかし見たところ、カリバリオンとガスターよ、お前達、鈍ったであろう」

ジェスター様は早速、父さんとガスターおじさんを見てそう言った。

二人は急いで首を振る。

「い、いえ……鍛錬は毎日続けております」

「わ、私も修業は怠っておりません！」

「では、この腹の肉はなんじゃ？」

ジェスター様は、一瞬で二人の間に移動し、父さんとガスターおじさんの脇腹の肉を掴んだ。

「この贅肉《ぜいにく》……たっぷりと鍛え直してやるから楽しみにしておれ！」

ジェスター様の言葉を聞いた二人は顔面蒼白で滝のような汗を流しながら震えていた。

その後ジェスター様は思い出したように言う。

「あ、それとプラムディア！」

「はい師匠！」

「家の中でトリシャが待っているぞ。あと、オリビアもいるので会ってくるといい」

「トリシャお嬢様《じょうさま》とオリビア姉様ですか？」

その言葉を聞いた母さんは嬉しそうな顔をして、家の方に歩いていった。

入れ替わるように、中から人が出てくる。

この人はカナイ村に滞在していた時に何度か顔を合わせたことがある。

ハイランダー公爵だ。

彼は父さん達に言う。

「久しいな、カリバリオンとガスター！」

「貴公はハイランダーか!?」

「お前達も来たんだな……」

父さんとガスターおじさんの言葉に、ハイランダー公爵が答える。

「師匠の呼び出しには逆らえないのでな」

どうやら三人は知り合いらしい。

修業していた時に仲良くなったとかかな？

「私は少し前に来たから既に訓練を終えたが、お前達も覚悟するんだな……修業時代の苦悩が味わえるぞ！」

ハイランダー公爵はそう言って、父さんとガスターおじさんの肩に手を置いたかと思えば、涙を流した。

父さんとガスターおじさんも泣きながら頷く。

その様子を見た、ジェスター様は言う。

「ふむ、これだけ人が増えると、夕飯の食材がちと足りぬかもしれんな！　修業も兼ねて、ハイランダーとカリバリオンとガスター、沼地に行ってラッシュゲーターを獲ってきてくれ」

「「「え、えっと……」」」

ラッシュゲーターとは、体長五メートル以上の巨大ワニだ。

確か討伐ランクはA。

かなり凶悪なモンスターだ。

「どうしたのだ？　お前達三人なら楽勝であろう？」

ジェスター様の問いに三人は無言で頷き、とぼとぼと歩いていった。

父さん達を連れてきてしまい良かったのかと少し悩んだが、旅のためだと切り替える。

ともあれ僕は手紙を配り終えた。他のメンバーが帰ってくるまで待つことにしよう。

◆　◆　◆　◆

私、リッカはまず転移魔法で港町であるサーテイルに移動した。

ガイアンが会いに行く予定のグレッグさんはこの辺りの闘技場にいるので、ここからは別行動ね。

お互いの仕事が終わったらこの場所に戻る約束をしたから、はぐれることはないでしょ。

そんなわけでガイアンと別れ、魔法学園に転移する。

そしてモード・ノワールを解除し、頭の中のノワールに語りかけた。

《転移魔法って便利だよねぇ。私もノワールの力を借りないで使いたいんだけど……》

《リッカ本人は聖属性しか使えないし、転移魔法は習得出来ないんじゃない？》

ノワールの声に私は答える。

《そういえば、母さんもかー祖母ちゃんも転移魔法だけは習得出来なかったって言っていたかも！》

《使える魔法は生まれながらの魔力の性質の問題だから、仕方ないわ》
すると、今度はシャンゼリオンの声が聞こえてくる。
《二人とも、無駄口ばかり叩いていないでさっさと用件を済ませるわよ！》
私は反省しつつ、目の前の校舎を見る。
昼だというのに、生徒の姿は一人も見当たらず、校門も閉じていた。
私は思わず呟く。
「……学園は休みなのかな？」
周囲には建物の修繕《しゅうぜん》をしている業者の人が多くいた。
工事のせいで授業を中止しているのかも。
うーん、学園長に会えないと困るんだけどなぁ〜。
そんなことを考えていると、ノワールが話しかけてくる。
《学園長室の場所は分かっているんでしょ？　転移してみればいいじゃない》
《なるほど、その手があったね》
私は再度モード・ノワールになり、学園長室の前まで転移する。
そして扉をノックした。
すると中から「誰かな！」というピエール学園長の声がする。
学園長がいて良かった！
私はそう思いながら、「リッカです」と答える。

「リッカ君？　まぁいい、入りたまえ」

私はモード・ノワールを解除し、ドアを開ける。

「失礼します」

学園長室に入ると、そこにはピエール学園長の他に、ウェザリア先生とチェリエー先生の姿があった。

彼女達は魔法学園の教師で、リュカ兄ぃと同じくザッシュのパーティに所属していたこともあるとか。

「久しぶりだな。で、どうしたんだい？　もう学園への潜入は終わったはずだろう」

そう聞いてきたピエール学園長に手紙を差し出す。

「えっと……ピエール学園長宛てに、とー祖母から手紙を預かってきました」

「……カーディナル様から？」

するとピエール学園長は震える手で手紙を受け取り中身を見た。

この後の反応は大体想像がつく。

昔、別の人に魔猟祭の招待状を渡したことがあるけど、その人も顔を青くしていた。

案の定ピエール学園長も手紙を読むにつれ、顔を蒼白にしていく。

「はぁ……はぁ……はぁ……」

そして手紙を最後まで読む頃には、呼吸まで荒くなっていた。

「どうしたのですか、学園長⁉」

「何が書かれていたのですか⁉」

ウェザリア先生とチェリエー先生が学園長に駆け寄った。

ピエール学園長は言う。

「私の師匠からの呼び出しです……とある場所に来て、およそ二週間後に行われる魔物討伐を手伝えと……」

「二週間後って……学園が始まりますよ」

チェリエー先生の問いに、学園長は首を横に振った。

「だが、師匠の呼び出しは無視出来ない……」

今度はウェザリア先生が尋ねる。

「でも、学園長がいなくなったら、我が聖竜国グランディオンの国王陛下からお叱りを受けますよ！　この学園は国が直々《じきじき》に管理しているんですから」

するとピエール学園長は、ウェザリア先生とチェリエー先生に手紙を見せた。

私の位置からでも、その内容は見える。

そこには【聖竜国の国王に話は通し、その二週間は学園を休みにしてもらうことにした。逃げたらどうなるか……分かっているだろうね、ピエール坊】と書かれていた。

その手紙を見て、二人は驚きのあまり、声も出せない様子。

そしてピエール学園長は深呼吸をした後で口を開く。

「よければウェザリアとチェリエーもともに来てくれないか？」

二人は、一斉に学園長を見る。

「あの、それは一体……」

「まぁ学園が休みなら、やることもありませんが……」

チェリエー先生とウェザリア先生はそれぞれそう言う。

私は横から尋ねる。

「あの、それ自体は構わないと思いますが……先生方のレベルは幾《いく》つですか？」

まず最初に答えるのはウェザリア先生。

「私は34です」

次にチェリエー先生も教えてくれる。

「32よ」

「……あの、それだけレベルが低いとむしろ邪魔になっちゃうっていうか……」

私の言葉に、ウェザリア先生がムッとして言い返してくる。

「私もチエも、講師になる前は冒険者をしていました！　魔物との戦いは経験してます」

うーん、そういうレベルの話をしているんじゃないんだけどな。

私は少し考えてから言う。

「魔猟祭で討伐する魔物の中で一番レベルが低いのは、ヴァイオレットスパイダーやヴェルギネスバイパーです。倒せる自信はありますか？」

「「え？」」

二人は口をあんぐりと開けている。

今挙《あ》げた魔物は全てAランクだ。

そもそもカナイ村の周辺にはBランク以下の魔物は存在しない。Sランクの魔物もたまに現れるくらいだ。

先生方のレベルでは、戦闘面では役に立つどころか、足手纏いにしかならないだろう。

するとピエール学園長が言う。

「最近は実力のある生徒も出てきている。その子達に負けないよう、教師のレベルも上げなければいけないと思ってね。元冒険者で素養もある二人を、師匠に鍛えてもらうのも良いかなと思ったんだ」

それならまぁ、いっか。

「まぁ、魔猟祭まで二週間はありますしね。シンシアとクララも二週間でレベルを40近く上げていましたから、どうにかなるでしょう」

私がそう言うと、チェリエー先生が恐る恐る聞いてくる。

「今あの二人のレベルは幾つなの？」

「80前後だったと思います」

すると、ウェザリア先生とチェリエー先生は勢いよく言う。

「分かりました！」

「私達も行きます！」

即答だった。

教師のプライドが刺激されたのかもね。

そんなことを思っていると、ピエール学園長が言う。

「あっ、でも私の転移魔法では、他大陸への移動は出来ないぞ！　つまり、船でゴルディシア大陸まで移動しないとならないから、カナイ村に到着するまでに、かなり時間がかかってしまうな」

私は首を横に振る。

「それなら心配ご無用です。私、転移魔法を使えるようになりましたから」

こうして、話は纏まった。

先生方三人は急いで準備に取り掛かる。

ピエール学園長は自室のタンスから着替えや魔道具を、ウェザリア先生とチェリエー先生は講師寮に行き、荷物を持ってきた。

そして三人の準備が終わったところで私は言う。

「では、まずサーテイルにいるガイアンを迎えに行ってから、その後にカナイ村に行きますね」

そうして、［モード・ノワール］を使う。

三人は驚いていたが、何か言ってくることはなかった。

さて、ガイアンはグレッグさんを見つけられたかな？

◆　◆　◆　◆

俺、ガイアンは気功《きこう》を用いた浮遊術で移動しながら、サーテイルにある酒場に向かっていた。

最初は闘技場に向かったのだが、そこにグレッグはいなかった。

闘技場の人に話を聞くと、今はとある酒場でショーをしているとのこと。

その酒場にたどりつき、入り口の戸を開ける。

すると前方にステージがあり、グレッグがふんどしに上半身裸で蝶《ちょう》ネクタイを着けて筋肉美をアピールしている姿が目に入る。

客である貴婦人達は、グレッグを見て、黄色い声を上げている。

おいおい、昼間から何をしているんだよ……

俺は少し呆れながら酒場の奥に行く。

そしてステージにいるグレッグに話しかけようとするが、周囲の声がうるさく、中々声が響かない。

ええい、めんどくさい！

そう思い、上半身裸になってステージに上がる。

「この筋肉を見ろ！」

俺はグレッグに向けて筋肉を震わせた。

グレッグは一瞬目を見開いたが、すぐに筋肉を震わせて応える。

ふっ、真の筋肉を持つ者には、会話など不要だな。

俺は筋肉を震わせ、グレッグに意図を伝える。

『ビクビクムキムキビクムキピシ！』（訳・兄弟子よ！　カナイ村で近々魔猟祭というものが行われる！　知っているか？）

するとグレッグも大胸筋を震わせた。

『ビクムキピシビクビクムキ！』（訳・魔猟祭か！　無論知っているぞ。お前は俺を呼びに来たというわけだな？）

『ムキムキビクムキムキビク！』（訳・そうだ！　師匠から手紙を預かっているぞ！）

『ビクビクピシムキビクムキムキ！』（訳・あい分かった！　すぐに行こう！　腕と広背筋《こうはいきん》が唸《うな》るぜ！）

決めポーズを取るグレッグ。

その瞬間、酒場は熱狂の渦《うず》に包まれた。

俺はステージから降りる。

三十分後にステージが終わると、グレッグを連れてリッカとの約束の場所へ移動した。

◆　◆　◆　◆

私、リッカが先生達を連れてサーテイルの港に転移すると、そこにはガイアンとグレッグさんの姿があった。

良かった、ガイアンもグレッグさんを見つけられたみたいね。

そう思って二人に近づくと、隣にいたピエール学園長が口を開く。

「グレッグ、君も参加するのか！」

「おぉ、ピエール！　久しぶりだな！」

二人はそう言って、駆け寄った。

「学園長はグレッグさんと知り合いなんですか？」

私が尋ねると、ピエール学園長とグレッグさんが答える。

「同時期にカナイ村で修業をしていたんだ。師は違ったが、一緒に行動することも多かったよ」

「二人でカナイ村に行くなんて、懐かしいな！」

意外な関係に驚きつつ、私は全員を連れてカナイ村へ転移した。

家の前に行くと、グレッグさんは懐かしそうに周囲を見回している。

ウェザリア先生とチェリエー先生も、のどかな村の風景を見ていた。

するとと、家の中からとー祖母ちゃんが現れ、口を開く。

「おや？　坊かい。久しぶりさね！」

坊とは、ピエール学園長のことだろう。

とー祖母ちゃんの言葉を聞いたピエール学園長は膝を突く。

「こ……これは師匠！　お久しぶりでございます！」

「久しぶりだねぇ。それとそっちは、ブライアンの弟子のグレッグかい？」

「カーディナル様、お久しぶりでございます。相変わらずお美しい！」

グレッグさんはとー祖母ちゃんに頭を下げてそう言った。

するととー祖母ちゃんは笑みを浮かべる。

「ピエール坊とグレッグ、来て早々悪いのだけれど、沼地でラッシュゲーターと戦っているハイランダーとカリバリオンとガスターが苦戦しているみたいなんだ。応援に行ってくれないか」

来て早々、ラッシュゲーターと戦わされることになるとは思わなかったのだろう。

二人はやや躊躇いながらも頷いて、沼地へ向かった。

次いでとー祖母ちゃんは、ウェザリア先生とチェリエー先生を見た。

「リッカよ、この二人は誰だい？」

「魔法学園で講師をしている、ウェザリア先生とチェリエー先生だよ」

私が紹介すると、二人は頭を下げる。

「ウェ、ウェザリアと申します……あ、あの、もしや、大魔女カーディナル様？」

「お、お会い出来て光栄です……チェリエーです」

「何を緊張しているんだい！　普通に話すさね！」

そういえば二人には、家族のこと話していなかったっけ。

それならこの反応も無理ないかな。

とー祖母ちゃんは先生達を見て言う。

「それにしても……この二人は、弱いさねぇ」

「だから魔猟祭が行われるまでの期間でとー祖母ちゃんに鍛えてほしいんだけど」

私がそう言うと、とー祖母ちゃんはニヤリと笑う。

「スパルタでやるけど……良いさね？」

二人は躊躇いながらも頷く。

「「は、はい！」」

そうして、二人はとー祖母ちゃんと一緒に歩いていった。

私は一息ついて、ガイアンと一緒に家の中に入る。するとリビングにはシオンがいた。

「おぉ、シオン、早いな！」

私の後ろにいるガイアンがそう言った。

「僕は渡す人が少なかったですから、あ、それとガイアンさん、ブライアンさんからの伝言で、デンゼンさんという人が村に来ているらしいですよ。森の方で修業をしているとか」

「デンゼン師範がいるのか!?　会いに行ってくる！」

ガイアンは意気揚々と家を出ていった。

リビングには私とシオンが残される。

私はシオンに尋ねる。

「リュカ兄ぃ、まだ帰ってないんだ？」

「そのようです。リュカさんのことですから、心配はないと思いますが……」

シオンの言う通り、リュカ兄ぃならすぐに帰ってくるでしょ。

私はソファに腰掛け、シオンと雑談を始めた。

第二話　魔猟祭の準備期間・後編（弟子が全て強いわけではありません）

僕、リュカはダンジョンの第二層に下りてきた。

【森林の深淵】は更にその下の階層にいるみたいだな。

「うーん、大した魔物は出ないいし、トラップもちゃちぃし……探索は簡単なんだけどな」

『あるじ〜また斧を持った牛さん達が来たョ！』

シドラが教えてくれた。

存在がバレると厄介だから、普段は紋章の中に入れているけど、ダンジョン内くらいはいいかっってことで、呼び出しておいたんだよね。

「またか」

僕は呆れながらアトランティカを構える。

そして迫ってきた牛の魔物、ミノタウロスを片っ端から斬りまくる。

更にシドラにも指示を出す。

するとシドラはブレスで、迫りくるミノタウロスを溶かしていった。

僕はそれを見て嬉しくなる。

シドラは少し前までブレスを吐くことは出来なかった。

しかし、ノワールの従魔であるシフェルに、『ドラゴンの癖にブレスも吐けないなんて』と馬鹿にされたらしく、そこから猛練習して身に付けたらしいのだ。

シドラの成長は早く、今ではただのブレスだけでなく、聖属性の炎を吐く、［シルバーブレス］まで使えるようになっていた。

敵がいなくなったところで、僕はシドラを撫《な》でてやる。

「シドラのブレスも様になってきたね！」

『えっへん！　努力の結果なんだョ！』

そう言って、シドラは誇らしげに胸を張った。

「このダンジョンから脱出したら、何か作ってあげるよ。何が良い？」

『なら、麻婆豆腐《マーボーどうふ》が食べたいんだョ！　すっごく辛い奴！』

「かー祖父ちゃんに食わされてハマったんだな。分かった！」

『楽しみなんだョ！』

そんな話をしながら、僕達はダンジョンを歩き、下に降りる階段を探す。

何度か魔物が襲ってきたが、全てあっさりと蹴散らした。

Bランクのダンジョンってこんなに簡単だったっけ？

などと思っていると、シドラが嬉しそうに声を上げる。

『あるじ～下に行く階段があるんだョ！』

「よし、急いで皆に追い付こう！」

僕とシドラは下の階層に降りていった。

◆　◆　◆　◆

一方その頃、カナイ村にて。

リッカは不安になっていた。

「ねぇ、シオン、リュカ兄ぃの帰り、いくらなんでも遅すぎないかな？」

「そうですね。リュカさんは転移魔法を使えますから、ここまで時間がかかるなんて、何かあったのでしょうか？」

手紙を配り始めてから既に六時間以上が経過していた。日もほとんど沈んでいる。

リッカはシオンに尋ねる。

「確かリュカ兄ぃが預かったのって、ガーライル侯爵と【森林の深淵】、それとガナーシュ村のデンゼンさんに宛てた手紙だっけ？」

「そうだったはずです。デンゼンさんは既にこちらにいらっしゃることを考えると、ガーライル侯爵宛てか【森林の深淵】宛てのどちらかの手紙を渡すのに苦労しているのでしょうか」

リッカは少し考えてから言う。

「カイナートのギルドに行ってみようか。そこなら何か分かるかもしれない」

シオンは頷く。

「そうですね、リュカさんなら大丈夫だと思いますが、一応様子を見に行きましょう」

そして二人はシオンの転移魔法で、カイナートの冒険者ギルドの前へ転移した。


リッカとシオンはギルドの中に入り、周囲を見回す。

「うーん、リュカ兄ぃ、いないね……？」

「リュカさんはこの国では有名ですから、誰かに絡まれている、なんてこともあるかもと思いましたが、違うようですね」

リッカとシオンが受付に話を聞きに行こうとすると、ガラの悪い冒険者がその前に立ち塞がった。

二人は無視して通りすぎようとするが、冒険者はリッカの右腕を掴む。

「ちょっと、放して下さい！」

リッカはそう言うが、冒険者は嫌らしい笑みを浮かべる。

「姉ちゃん可愛いな。一緒にお話ししようぜ！」

「はぁ……面倒ですね！」

リッカは溜息を吐いてそう口にした。

冒険者はなおも笑い続けている。

「なんだって、聞こえね――うがっ！」

ニヤニヤしていた冒険者は吹っ飛んでいった。

リッカが腰を落とし、彼の腹にブライアン仕込みの掌底《しょうてい》を打ち込んだのだ。

息を大きく吐くリッカ。

するといつの間にか受付に行っていたシオンがリッカの元に駆け寄ってくる。

「リッカさん、リュカさんの居場所が分かりました！」

そう言うシオンを、リッカはジト目で見つめる。

「……聞いてきてくれたのはありがたいけど、シオンは私を助けようとは思わなかったの？」

シオンはきょとんとした表情で言う。

「え？　助ける必要あるんですか？　あの冒険者、明らかにリッカさんより弱かったですよ」

「か弱い女の子がガラの悪い男に絡まれているんだから、男の子なら助けるでしょ！」

リッカが頬を膨らませながらそう言うと、シオンは良く分からないといった様子で周囲を見回す。

「か弱い女の子なんて、どこにいるのでしょうか？」

それを見て、リッカは脱力してしまった。

「はぁ……初めて戦った時も思ったけど、シオンって本当に女心が分かってないよね」

「な、なんですか急に!?」

不満げなシオンの声を無視するリッカ。

「それで、リュカ兄ぃはどこにいるの?」

「……えっと、【森林の深淵】というパーティを追って、ムシュル渓谷のダンジョンに行ったのではという話でした」

シオンは仏頂面《ぶっちょうづら》でそう説明した。

「ムシュル渓谷? あぁ、ムシュの実の発生地ね。そこなら行ったことがあるわ」

リッカは過去に何度かムシュル渓谷に行ったことがあった。

「それなら転移をお願いしてもいいですか? 僕はそこには行ったことがないので」

「分かった」

そう言って、リッカはシオンの肩に手を置く。

モード・ノワールを発動しようとした時、先ほどのガラの悪い男がリッカの腕を掴んできた。

「この女……舐《な》めやがって! こうなれば……」

「邪魔よ、[ライトニングバースト]!」

中級雷魔法が発動され、リッカの体から電撃を放出させる。

「ぎゃあぁぁぁぁぁぁぁぁぁぁぁ!!」

男はそんなふうに叫んだ後に気を失い、地面に倒れ込んだ。

リッカはチラリと肩に触れていたシオンを見る。

彼女は先ほどのお返しをかねて、シオンも軽く感電させてやろうと思っていたのだ。

だが、シオンは杖を構え、全身に防御魔法を展開していた。

「ん？　どうかしましたか？」

なんでもないような顔をするシオン。

リッカは内心舌打ちし、足元の冒険者を蹴っ飛ばした後、［モード・ノワール］を使い転移した。


ムシュル渓谷にたどり着いた二人は、浮遊魔法を使い移動する。

リッカはシオンに尋ねる。

「ダンジョンはどこにあるのかな？」

「えーと……あっ、あれじゃないですか？」

シオンが指差した先には、大きな穴があり、その横にギルド職員の服を着た人物が立っていた。

二人はそこに降りる。

リッカがギルド職員に尋ねる。

「あの、このダンジョンにリュカ・ハーサフェイが入っていきませんでしたか？」

「あ、はい、数時間ほど前に入っていきましたが……」

その言葉を聞いたリッカは首を捻る。

「数時間前……リュカ兄ぃにしては遅いね」

「もしかしたら何か困っているのかも。追いかけますか？」

シオンの言葉にリッカが頷く。

しかしギルド職員が手を二人の前に伸ばした。

「このダンジョンはBランクに指定されており――」

だが、ギルド職員が最後まで言う前に、リッカとシオンはすぐさま己のギルドカードを提示する。

「私はリッカ・ハーサフェイ。リュカ・ハーサフェイの妹でSランクです」

「僕はシオン・ノート・グラッドです。ランクはAです」

ギルド職員が感動したような声を上げる。

「確認致しました！　聖女候補のリッカ様に、エルドナート大陸の英雄、シオン様とは！　一日で英雄二人に会えるとは、光栄です！」

リッカはギルド職員に尋ねる。

「通っても良いですよね？」

「はい、お気を付けて！」

二人はダンジョンに踏み入る。

入って早々、リッカは意識を集中させる。

すると左手の甲に紋章が現れた。

リッカがその紋章にキスをすると、ノワールの従魔であるシフェルが召喚される。

次いで、リッカは念話を使う。

《シャンゼリオン、クルシェスラーファ、リュカ兄ぃとアトランティカの居場所が分かる?》

兄弟武器であるシャンゼリオンとアトランティカ、そしてクルシェスラーファは、ある程度の距離まで近づくと、互いの位置が分かるのだ。

シャンゼリオンとクルシェスラーファが答えた。

《かなり下から反応を感じるわ……》

《この階より四階層ほど下かしら》

その言葉を聞いて、リッカは問う。

「随分下にいるのね?」

「普通に行ったら、追い付けないかも知れませんよ」

シオンの言葉に、リッカは少し悩んでから答える。

「……仕方ない。[同調《どうちょう》]を使うわよ。シオンも良いかしら?」

「[同調]ってかなりキツいって聞いたことがありますけど……まぁでも、しょうがないか」

[同調]とは、シャンゼリオンとアトランティカ、そしてクルシェスラーファの持つ固有能力だ。

これを使うと、お互いのところに瞬時に移動出来る。

ただ、大量の魔力と体力を消費するので、普段リッカ達は転移魔法を好んで使っているのだ。

だがこれ以外に解決策はない。リッカとシオンはそれぞれ武器を構え、魔力を発する。

そして下の階層にいるアトランティカの気配目掛けて転移した。

◇　◇　◇　◇

僕、リュカはシドラとともに、五階層まで下り、次のフロアの階段を探していた。
これまでは洞窟のような造りだったが、このフロアだけは遺跡風だ。
『あるじ～下に行く階段が見つからないんだョ！』
「確かに、フロアボスでもいるのかな？」
ダンジョンではフロアボスを倒さないと下に降りられないということがままある。
でも、ボスも見かけていないなぁ。
さて、どうしようか。
そんなことを考えているうちに、【森林の深淵】の反応が下に移動した。
「あっ、もう、これじゃ追いつけないよ。このダンジョンは一体何階層あるんだ」
僕が魔力反応を検知して困っていると、アトランティカが話しかけてくる。
《相棒！　シャンゼリオンとクルシェスラーファの反応がある。来るぞ！》
《え？》
その瞬間、僕の目の前に、シオンとリッカが現れた。
しかし、二人は気持ち悪そうにしている。
シオンとリッカはそれぞれ言う。

「初めて［同調］を使いましたけど、こんなに気分が悪くなるとは……」

「やっぱり、気安くやるものじゃないねこれ……」

そんな二人を見かねたのか、クルシェスラーファが言う。

《二人ともだらしないですね。英雄ダンとその妻クリアベールは、［同調］を使った後もケロッとしていましたよ》

僕は気持ち悪そうにする二人を見兼ねて、回復魔法を掛けてあげた。

すると、すぐに二人は元気になる。

「で、どうして二人がここに来たの、わざわざ［同調］まで使うなんて」

僕が尋ねると、二人は事情を説明してくれた。

どうやら僕の帰りが遅く、心配になって、ここまで来てくれたらしい。

余計な手間を掛けさせて申し訳ないや。

そう思っていると、リュカ兄ぃはこのダンジョンで何をしているの？」

「ところで、リュカ兄ぃはこのダンジョンで何をしているの？」

「この下の階層に【森林の深淵】がいるらしく、手紙を渡しに行こうと思ったんだけど、中々追い付けなくてね」

僕の言葉を聞いて、シオンが不思議そうな顔をする。

「渡すだけなら、冒険者ギルドに手紙を預かってもらえば良いのでは？」

「僕も最初はそう思っていたんだけど、いつ戻ってくるか分からないしさ」

もし魔猟祭が終わるまで彼らがギルドに行かなかったら、僕らが魔猟祭に駆り出されかねない。

「なるほど、それは確かにそうですね……」

シオンは納得したように言った。

「でも、下に降りる階段が見つけられなくて、困っているんだ」

僕がそう言うと、シオンは周囲を見渡す。

そして、近くの壁に手を当てると、地面が開き、階段が現れた。

僕は呆気に取られる。

「シオン……こんな仕掛けによく気が付いたね？」

「以前、ここと似たようなダンジョンに潜ったことがあるので。それにあそこの壁に書かれていましたから」

シオンはそう言って、少し先の壁画の文字を指差す。

そこには、古代文字のようなものが書かれている。

「シオンはこの文字が読めるのか？」

そう尋ねると、シオンが答える。

「［鑑定］を使って読みました」

内心驚く。

［鑑定］で表示される情報は使用者の魔力や知識によって決まる。

僕の［鑑定］でもこのダンジョンの文字の内容は読み取れなかったのに、シオンは凄いな。

「何はともあれ助かったよ、シオン。それじゃあ行こうか」

　僕はそう言うと、階段を下った。


　それから一時間ほどで僕らは【森林の深淵】のメンバーの反応がある階層にたどり着いた。

　シオンのお陰でだいぶペースが上がったのだ。

「ここにガレットさんがいるんだよね？」

　リッカの言葉に、僕は頷く。

「うん、でももう少し奥にいるみたいだ」

『それじゃあ先に行ってるよョ、あるじ～！』

　すると、シドラが楽しそうに飛んでいった。

　慌てて、リッカが言う。

「あっ、もう、シフェル、ついていってあげて！」

『分かったわ、リッカ！』

　シフェルは、シドラの進んだ方向に飛んでいく。

　すると、シオンが心配そうな表情をする。

「あの子達、大丈夫でしょうか？」

　僕は頷く。

「大丈夫でしょ。出てくる敵もミノタウロスをはじめとした雑魚ばっかりだし、さっきもシドラだけで倒していたよ」

するとリッカは呆れたように言う。

「リュカ兄ぃ……ミノタウロスは別に雑魚じゃないんだよ。Aランク冒険者でも苦戦するほどの相手なんだから」

「えっ、そうなの？」

僕の言葉を聞いたリッカはやや嫌味っぽく言う。

「まぁ、魔王を倒したリュカ兄ぃにとって、もうただの魔物や魔獣なんて大したことないのかもしれないけどね～」

リッカの言葉を聞いて、シオンはどこかワクワクした顔で言う。

「魔王かぁ……僕もいつか戦うことになるのかな？」

「まぁ、また戦うこともあるかもしれない——って、あれ？」

僕が答えている途中で、シドラとシフェルが戻ってきた。

二匹とも慌てた感じだ。

シドラが近づいてきて言う。

『あるじ～ガレット達を見つけたんだけど、へんな壁に埋まっていたんだョ！』

ん？　どういう意味だ？

僕がそう思っていると、リッカが答える。

「壁に埋められる……？　もしかしたらデモンズウォールかも。壁と悪魔が融合した魔物で、長時囚《とら》われていると、体が溶かされちゃうはず。昔、本で呼んだことがあるよ！」

「なるほど、なら急いで向かうぞ！」

シオンは僕の言葉に頷き、皆の足に高速移動魔法［アクセラレーション］を掛けてくれた。

シドラとシフェルの誘導に従い、全速力で走ると、一瞬で目的地にたどり着いた。

そこには巨大な一枚の壁があり、その周囲に【森林の深淵】のメンバーが埋まっている。

その壁の中心には悪魔のような顔がある。

「リュカ君⁉　なぜここに⁉」

ガレットさんが、驚きの声を上げる。

「細かい説明は後です。それよりも無事ですか？」

僕が答えると、ガレットさんは叫ぶように言う。

「怪我はないが、近づいてはダメだ！　それ以上近づくと、コイツが触手を伸ばして襲ってくる！　捕まると取り込まれるぞ！」

僕は頷き、後ろを振り向く。

「シオンとリッカ、［鑑定］を発動してみて！　僕も使うから！」

そうして僕はデモンズウォールに［鑑定］を使う。

何か弱点のようなものが見つかればいいけど。

結果はすぐに出た。

「『悪魔の魂が宿る壁』だってことしか分からなかった。シオンとリッカは何て表示されている？」

シオンとリッカがそれぞれ答える。

「『近くに来た者を引き寄せて埋め込む、呪いの壁』だと」

「私もシオンと同じ……あっ、聖属性が有効とも書かれてるよ！」

悪魔には聖属性が有効だ。コイツもその例に漏れないらしい。

そう考えているとリッカが口を開く。

「ならリュカ兄ぃ、私がやっても良いかな？」

「僕よりリッカの方が聖属性は強いからね。任せる！」

更にシオンも言う。

「僕もあまり聖属性は得意ではないですから、お願いします」

リッカは小さく頷き、両手に魔力を集め、詠唱を始める。

「我が左手に聖なる光を集め、我が右手にて剣となす……［ジャッジメントブレード］！」

すると、リッカの前に巨大な光の剣が発生した。

リッカはそれを壁の中心目掛けて放つ。

光の剣は悪魔の顔に命中。

次の瞬間、剣から光が溢れ出し――やがて壁は消滅したのだった。

リッカは笑みを浮かべる。

「うん、［奈落］の中でやった修業の成果が出たみたい！　昔よりも威力が断然上がってるって自分でも分かるわ！」

僕はリッカの放った技を見て、思わず言う。

「凄い……あんな技、僕には出来ないよ。あっ、でも絶対に僕には使わないでね」

するとシオンが小さく笑う。

「リュカさんは闇属性が強いですからね。聖属性のあんな魔法を食らったら、ひとたまりもないでしょう」

そんな話をしていると、壁から解放されたガレットさん達が近寄ってくる。

そしてガレットさんが代表して、僕らに頭を下げてくる。

「はぁ……はぁ……助かったよ。本当にありがとう」

「いえいえ、無事で何よりです」

僕がそう言うと、ガレットさんが聞いてくる。

「ところで、リュカ君は何をしにここに？」

「とー祖父ちゃんから、ガレットさん宛ての手紙を預かっているんです」

僕はそう言って、ガレットさんに手紙を渡す。

「ジェスター師匠から？」

ガレットさんは僕から受け取った手紙を開き、パーティメンバーとともに読み始めた。

そして全て読み終えた後で口を開く。

「……なるほど、魔猟祭か……」

「どうでしょう、参加してくれますか？」

僕がそう尋ねると、ガレットさんは頷く。

「あぁ、この依頼が終わればしばらくは暇だからな。それにこの手紙によると、瞬殺《しゅんさつ》のシルビアさんとか、双槍《そうそう》のレジェンダルさんとか、閃光《せんこう》の殲滅者《せんめつしゃ》とか、Sランク冒険者も来るらしいからな。彼らとも会ってみたい！」

ガレットさんが今挙げたのは、僕達が小さい頃に村によく来ていた人達だ。

僕からすればよく遊んでくれたお兄さんやお姉さんというイメージだが、ガレットさんからすれば憧れの冒険者なのだろう。

そんなことを考えていると、シドラが念話を送ってくる。

『あるじ～この先に大きな扉があるョ！』

確かにシドラが指さした先――元々デモンズウォールがいた方向には、大きな扉が見える。

恐らくこれがこのダンジョンのボス部屋なのだろう。

僕はガレットさんに尋ねる。

「ボス部屋まで行きますか？　それとも地上に戻ります？　帰るだけなら転移魔法で一瞬ですけど？」

「うーん、今回の依頼はあくまでも探査だからね、ボスは倒さなくても良いと思うけど……」

すると、リッカが笑顔で割り込んでくる。

「リュカ兄ぃ、どうせなら倒しちゃおうよ！　ここ、新しく見つかったダンジョンだし、何かお宝があるかも！」

リッカは昔から金目のものが大好きなのだ。

僕は内心呆れながら言う。

「でも、ボスを倒していたら帰るのが遅れるぞ。ただでさえもう遅いのに」

「皆で覚醒を発動してフルボッコにすればすぐだよ！　ね、いいでしょ！」

周囲を見回す。

シオンは苦笑いを浮かべながらも頷いているし、【森林の深淵】のメンバーも特に不満はなさそうだった。

……まぁ、ボスを倒せば何かしらの素材が得られるかもしれないし、いっか。

こうして僕らは大きな扉を開け、中に入った。

やはり扉の先は、ボス部屋で間違いないようだ。

だだっ広いし、奥に大きな気配を一つだけ感じる。

内部は薄暗く、視界が悪い。

きょろきょろと周囲を見回していると、壁の近くにある複数の台座に一斉に青い炎が灯った。

部屋が一気に明るくなる。

部屋の奥には、人型のゴーレムが立っている。

腕は十二本、足は八本もあるのか……。

「な……なんだ？　あんなモンスターは初めて見るぞ!?」

ボスの姿を見て、ガレットさんが驚きの声を上げた。

だが、リッカは意気揚々と前に出る。

「大丈夫、ただのゴーレムよ！　リュカ兄ぃ、シオンやるよ！」

僕とシオンは頷くと、魔力を放出し、覚醒の状態になった。

「行くぞリッカ！」

「うん、リュカ兄ぃ！」

僕とリッカは目を合わせ、小さく頷く。

そして息を合わせてゴーレムに突っ込んだ。

「［豪《ごう》・次元斬《じげんざん》］！」

剣に魔力を込め、僕はゴーレムの右側の腕を、リッカは左側の腕を全て斬り落とした。

そして僕達は左右に飛ぶ。

次の瞬間、シオンが放った極大魔法［ビッグバン］を放つ。

今のシオンは覚醒しているから、呪いに関係なく攻撃魔法が使えるのだ。

［ビッグバン］がゴーレムにぶつかると、大爆発が巻き起こる。

ボスは跡形《あとかた》もなく消滅したのだった。

戦闘に掛かった時間は二十秒程度。

ガレットさん達は最早笑うしかないといった様子だった。

そんな彼らを尻目に、僕達は覚醒を解除する。

すると部屋の奥の扉が開いた。

その中には眩《まばゆ》い光を放つ金塊《きんかい》の山があった。

部屋に飛び込もうとするリッカの腕を慌てて引く。

「リュカ兄ぃ、お宝が目の前にあるのになんで止めるの！」

リッカは不満げな様子だったが、僕は冷静に言う。

「いや、ちょっと違和感があってね。いくら金とは言ったって、ここまで眩く光るかな？　あの金塊には一切の汚れや欠けが見当たらない」

すると、シオンも頷く。

「そうですね、いくら金でも多少はくすんだり、汚れたりはするはず。不自然です」

僕とシオンの言葉を聞いたガレットさんは、地面に落ちていた石を部屋に投げ込む。

すると金塊達は途端に牙を向き、石に向かって一斉に襲い掛かった。

ガレットさんは口を開く。

「あれは恐らく宝蟲《ほうちゅう》ですね。宝に擬態《ぎたい》して、近づいてきた人を捕食する魔物です」

「というわけだ、リッカ危なかったな」

僕がそう言うと、リッカは顔を真っ赤にしながら極大の炎魔法を宝物庫に放ち、宝蟲を全て焼き払った。

すると、宝蟲がいた部屋の奥に、もう一つ扉が現れる。

それを開けると、そこには宝箱がところ狭しと並んでいた。

リッカは宝蟲の部屋を通りすぎ、その宝箱に近づこうとする。

「リッカ、学習能力なさすぎ！」

僕は再度リッカの腕を掴んで止めた。

「え？」

僕は宝蟲の死体を宝箱が並ぶ部屋に放り投げる。

すると宝箱が開き中から巨大な口が現れた。

それは宝蟲を呑み込んだ。

咀嚼《そしゃく》音が響く。

僕は呟く。

「今度はミミックか。二重のトラップってわけだね」

すると、リッカは顔を真っ赤にして地団駄を踏んだ。

「あぁ、もう！　本当の宝はどこにあるのよ！」

リッカは再度炎魔法を使い、ミミックを死体も残らないほどの消し炭にした。

すると、更に奥に部屋が現れた。

今度の部屋には何もない。

「もしかしてこれが出口？　ってことはお宝はないってこと⁉　ふざけないでよ⁉」

リッカは腕をブンブンと振りながら、その部屋に近づいていく。

しかし僕は念のためまたリッカを止め、さっきガレットさんがしたように、地面に落ちていた石を部屋に投げ込む。

すると入り口の上下から巨大な歯が現れ、石を噛み砕いた。

さすがのリッカも青ざめる。

ガレットさんも驚いたように呟く。

「部屋自体がミミックとは……こんな仕掛けはさすがに初めて見たな……」

冒険者としていくつものダンジョンを巡って来たガレットさんが言うのだ。

このダンジョンはかなり変わっているのだろう。

僕は思わず呟く。

「ボス本体は大したことなかったけど、その後のギミックが厄介なパターンか。時間もないし、装備も整えていない。今日のところは素直に帰ろうか」

僕がそう言うと、リッカを除いた全員が頷く。

「ねぇ～！　部屋に擬態している魔物を倒せば本当のお宝が出るかもしれないよ～！」

そんなふうにごねるリッカを、僕は窘《たしな》める。

「そいつを倒したらもっと面倒なことになるかもしれないだろ。今度かー祖父ちゃんにお願いして、一緒に来てもらった方がいいって」

元トレジャーハンターであるかー祖父ちゃんなら、ヘンテコな仕掛けだって解除出来るはずだ。

だがリッカは納得していないようで、頬を膨らませている。

「むぅー、お宝～！」

僕は暴れるリッカの首根っこを無理やり掴む。

そして全員で冒険者ギルドの前に転移した。

ガレットさん達がギルドに依頼達成の報告をしに行くのを待って、カナイ村の僕の家の前に転移してきた。

「カナイ村……何だか久しぶりな感じがするな！」

ガレットさんはそう言って、周囲を見回している。

「魔猟祭まで時間があるので、それまでは皆さん好きに過ごしてください」

僕がそう言うと、【森林の深淵】のメンバーは散策を始める。

その直後、とー祖母ちゃんが家から出てきて言う。

「ハイランダー達に夕飯のおかずのラッシュゲーターを取りに行かせたんだけど、まだ戻ってこないんだよ。リュカ、沼地まで様子を見にいっとくれ」

「戻ってきて早々人使いの荒い……」

僕は溜息をついてそう言った。

すると、シオンとリッカが口を開く。

「リュカさん、僕も手伝いますよ」

「私は行かないからね！」

リッカはその言葉通り、家の中に入ってしまった。

やれやれ、さっき無理やり連れて帰ったからむくれているのか。

まぁシオンがいれば楽勝か。


僕はシオンと共に沼地に転移。

すると、複数のラッシュゲーターに囲まれている人達の姿が目に入る。

「何をしているんだ、あの人達は？」

「苦戦しているみたいですね」

シオンはそう言うと空中に重力魔法の［グラビティ］を発動。

周囲にいるラッシュゲーターを全て空中に浮き上がらせる。

僕はそのラッシュゲーターの首を風魔法で片っ端から落としていった。

すると、苦戦していた人達が僕らに駆け寄ってくる。

見覚えのある顔は少ないが、きっとこの人達は魔猟祭のために集められた、とー祖父ちゃん達の弟子なのだろう。

口々にお礼を言ってくる彼らに、僕は半目を向ける。

「ラッシュゲーターごときに苦戦するなんて。魔猟祭までの時間はきつい修業をさせた方が良いってとー祖父ちゃん達に伝えておきますね」

すると、全員が真っ青な顔をした。

僕はそれを無視してラッシュゲーターの素材を収納していく。

そして全てしまい終えたところで皆と家の前に転移した。

夕飯を終え、僕は今、自室のベッドに横になっている。

結局時間が遅くなってしまったので、旅に出るのは明日にしたのだ。

ちなみにラッシュゲーターから助けた人達のことをとー祖父ちゃんに伝えると、全員が家の前にある穴に放り込まれた。

今は底にマットを敷いているため落ちても死にはしないが、浮遊魔法の使えない者がここから上がってくるのはかなり大変だろう。

まぁそんなのどうでもいいかと、僕はまぶたを閉じた。

第三話　もう一人の聖女候補（そう言えば、いましたね？）

翌日の昼頃、ようやく僕らは旅を再開させた。

転移魔法を使い、クラウディア王国の城下町まで転移する。

僕らはザッシュやシオンと戦ったとき、王国には来ていたものの、城下町には寄らなかったので、来たことがあるシオンに連れてきてもらったのだ。

「ここがクラウディア城かぁ～、すっごく綺麗だね！」

リッカの言う通り、目の前には非常に荘厳《そうごん》で美しい城がそびえたっている。

「でも、なんでわざわざ王城に来たの？　穢れた地はここにはないよね？」

僕が尋ねると、シオンが答える。

「なんでも国王様が悩むくらいこの国の穢れは大きいらしくて、聖女候補であることを名乗り出れば、色々な支援が受けられるらしいですよ」

シオンはそう言うと、収納魔法からクラウディア王国で発行されている新聞を取り出した。

僕はそれを受け取り、紙面を見る。

確かにそこには『国王が穢れに頭を抱えている。聖女候補一行には惜しみない支援を』との文言がある。

だが、それよりも気になる内容が記載されていた。

「げっ、まだ僕のことが載っているよ！」

だいぶ後ろの方の記事ではあったが、魔王を倒した英雄として、僕の名前が記されていた。

すると、シオンも暗い声で言う。

「実は僕のことも載っているんですよね」

見ると、『ベイルートの街を救った英雄シオン』という記事があった。

「騒がれたら面倒だね……変装でもする？」

僕がそう言うと、リッカが喜々として言ってくる。

「それならリュカ兄ぃ、また女になれば？　あっ、騒がれているならシオンも！　きっと似合うよ！」

少し前に姿を変えるメイク魔法で無理やり女にさせられたことがあった。だけど――

僕とシオンは口々に言う。

「もうあんな恥ずかしい格好はしたくないよ」

「女になるのはちょっと……」

だが、ガイアンがからかうような口調で言ってくる。

「お前らは似合うから良いじゃないか。俺が女になったらどう見たって変だぞ」

「ガイアン、それってどういう意味さ！」

僕はこの顔を女っぽいと言われるのが、我慢ならないのだ。

ガイアンに詰め寄ろうとした瞬間、リッカが満面の笑みで叫ぶ。

「よーし、それなら皆で試しちゃおー！　範囲版メイク魔法」

リッカは突然、広範囲にメイク魔法を使ってきた。

それを受けた瞬間、僕とシオンとガイアンの体は女性になる。

その姿を見たリッカはハイテンションで言う。

「シオンは、私より可愛いかも！　ガイアンは……プッ！　全然似合ってない……」

内心溜息をつきながら、シオンとガイアンを見る。

確かにシオンは正統派の黒髪美少女といった感じで、かなり可愛らしかった。

「……女の人に可愛いと言われると、なんか複雑な感じがします……」

そう言って、体をよじるシオン。恥ずかしがる様子が中々可愛い。

だが、ガイアンはゴツすぎて、違和感が凄い。

「リッカ、だから俺は女になっても可愛くないと言っただろう⁉」

リッカに怒りを向けるガイアン。

僕は先ほどのお返しとばかりに、からかうように言う。

「今のガイアンは、ビキニアーマーを着けたら蛮族《ばんぞく》の女戦士って感じだね」

しかし、ガイアンも言い返してくる。

「お前はすごく似合っているぞ！　普段でも女と間違われるくらいだからな。実際に女になると、もうただの美少女だな！」

「くっ！」

改めて言われるとやっぱり腹が立つ。

なので「ディスペル」を使い、僕にかかったメイク魔法を解除する。

ふと隣を見ると、シオンも「ディスペル」を使っていた。

今この場で女性化しているのはガイアンだけだ。

「おい、俺も戻せ！」

ガイアンは困った顔でそう叫ぶが、僕はニヤつきながら言う。

「えーどうしようかなぁ？」

「ガイアンさん、とっても可愛らしいですよ。そのままでもいいんじゃないですか……ププッ！」

シオンまでそんなことを言った。

ガイアンは僕らに憎々し気な視線を向ける。

ふっ、人を馬鹿にするからこうなるんだ！

だが、ガイアンは開き直った。

「あぁそうか！　お前らはそういう態度を取るんだな？　なら、俺はこの筋肉と胸を使ってお前らを全力で抱きしめてやるよ！」

そう言って突進してくるガイアン。

僕とシオンはそれをなんとか避けながら言う。

「分かった！　それだけはやめてくれ！」

「さすがに気持ち悪いです……［ディスペル］」

シオンが［ディスペル］を放つと、ガイアンは元に戻った。

危ない危ない……ガイアンの顔をしたムキムキ女性に全力で抱きしめられるなんて、考えただけでも恐ろしいよ。

そんなことをしていると、背後から声をかけられる。

「あれ、もしかして、リッカ？」

みんなで振り返ると、そこには見覚えのない少女の姿があった。

しかし、リッカは彼女を知っているみたいだ。

「あれ、カルーシャ？　あぁ、やっぱりそうだ、久しぶり～」

僕はリッカに尋ねる。

「リッカ、この人は聖女候補の人？」

「そそ、私と一緒に選出された、聖女候補のカルーシャよ」

カルーシャの背後には、彼女のパーティメンバーと思しき人が五人いる。

僕が頭を下げると、カルーシャのメンバーも頭を下げてきた。

その後、リッカがカルーシャに尋ねる。

「カルーシャがここにいるってことは、穢れの地がここにあるってこと？」

「うん。もしかしてリッカも？　でも穢れの地の反応って被らないんだよね？」

カルーシャは不思議そうな顔をした。

リッカは言う。

「やっぱり、この大陸にはたくさん穢れの地があるのね」

複数の穢れが近くに集まって巨大な穢れを形成しているなら、複数の聖女候補が集まっても不思議じゃない。

とはいえこれまで旅をしてきて、こんなことは初めてだ。

そういえば、ザッシュのパーティもここにいたんだよな。

そんなことを思い出していると、リッカはポンと手を打つ。

「あっ、そういえば少し前に、アントワネット――アンティにもこの辺で会ったよ」

「あぁ、あの性格がキツい子ね。あの子、どうしたの？」

するると、リッカは聖女候補アントワネットの身に起きたことを話す。

カルーシャは、神妙な面持ちで話を聞いた後に言う。

「まぁ、この旅を続けるなら、そういうこともあるよね。この前はドロシーの乗った船が、ゲルギグス大陸に向かっている途中に海竜に襲われて沈没《ちんぼつ》したって聞いたよ。生死は不明らしいけど、あの海域には魔物がうじゃうじゃいるらしいから、たぶん……」

「そうなんだ……あの子は修業時代に良く励《はげ》ましてくれたのにね……」

二人の間に暗い空気が流れる。

だがカルーシャは気分を切り替えるように言う。

「どこかで生きていることを願おっか！　それよりリッカ、穢れの浄化はどのくらい進んだの？」

すると、リッカもカルーシャの意図をくんでか、いつもより明るい声で答える。

「私はこの大陸で四つ目だよ」

「えぇー!?　私はこの大陸でまだ二つ目だよ。短期間で良くそれだけ集められたね！」

それから、二人は楽しそうに雑談に興じる。

だが少しして、カルーシャのメンバーの一人が口を開く。

「カルーシャ、そろそろ王城に行きましょう」

「あっ、ごめんなさいレクトさん」

すると、リッカも言う。

「私達も国王様に浄化の話をしに行くつもりなんだ！　一緒に行こ」

そしてカルーシャとリッカは並んで歩き出す。

僕達とカルーシャのパーティメンバーもそれに続く。

王城の前に行き、僕とカルーシャ達のパーティは、門を守る兵士に聖女候補のアミュレットを見せ、事情を話す。

すると身分証明を求められる。

確認はつつがなく進んでいたが、僕とシオンのギルドカードを見ると、兵士は慌てて城の奥に入っていってしまう。

五分ほどして、兵士が戻ってきて、僕らを城内へ通してくれた。

僕らは客間に招かれたが、そこでもまた三十分ほど待たされた。

その後、門の前にいた兵士とは違う兵士が迎えに来る。

どうやら、今から国王と謁見《えっけん》出来るらしい。

まさか来たその日に国王に会えるとは思わなかったなぁ。

よほど、困っているのだろうか。

それから兵士の先導で僕らとカルーシャのパーティは、国王の部屋の前まで案内された。

兵士は叫ぶ。

「聖女候補ご一行、そしてゴルディシア大陸の英雄リュカ様、エルドナート大陸の英雄シオン様、入られます!」

扉が開く。

リッカとカルーシャを先頭に、僕らは二列になって部屋に入る。

部屋の奥には王冠を被った恰幅《かっぷく》の良い男性――恐らく国王だろう――が立派な椅子に腰かけている。

その最中、僕は小声で後ろのシオンにささやく。

「……メインは聖女候補のはずなのに、僕達の名前を読み上げる必要あったのかな？」

「王様は僕らにも期待しているってことでしょうか。いきなり謁見出来たのも、それが理由かもしれませんね」

すると、今度は先頭を歩くカルーシャとリッカの小声での会話が聞こえてくる。

「リッカのお兄さんって、魔王を倒したリュカ・ハーサフェイだったの？」

「うん、そうだけど、それがどうかした？」

「……リッカが穢れを多く集められた理由が分かった気がするわ！　それにお兄さん、結構カッコいいじゃない！」

……聞くんじゃなかった。恥ずかしい。

って国王の前だ。気を引き締めないと。

そう思っていると、国王が駆け寄ってくる。

「おぉ、我が国にようこそおいで下さった！　英雄リュカ殿、シオン殿！」

普通聖女候補を優先するものでは？　と思ったが、口には出さない。

すると、リッカとカルーシャが、若干語気を強めて言う。

「初めまして国王陛下、この度《たび》、聖女候補の任を受けたリッカ・ハーサフェイと申します」

「同じく聖女候補の任を受けました、カルーシャ・ミクトランと申します」

すると、国王はリッカ達を見て、笑みを浮かべる。

「おぉ、お主達が今回の聖女候補達か、来てくれて嬉しいぞ！」

そう言って今度はリッカとカルーシャの肩を叩く。

なるほど、この人は別にリッカ達に期待していないってわけじゃないんだな。

そして、国王は早速切り出す。

「実は司祭から、この大陸では他大陸に比べ、穢れの反応が異常に多く検出されたと言われてな。それが心配なのだ」

すると、国王の後ろにいた大臣らしき二人も口々に言う。

「穢れのある地点の周辺で作物や木々が枯れたり、湖に入った動物が突然死したりしているという報告が上がってきております。まだこの辺りまでは影響が波及していませんが、それだって時間の問題でしょう」

「最近その穢れのある場所で、怪しげな人影を見たという報告を受けております。しかし接近すると煙のように消えてしまうという話で、身柄を抑えられてはおりません」

聖女候補が浄化する穢れは、放って置くと周囲に拡散する恐れがある。

早めに対処しなければ。

すると、リッカとカルーシャがそれぞれ言う。

「分かりました、聖女候補リッカとそのメンバーは早速調査に向かいます」

「私達も右に同じです」

その言葉に、国王が頷く。

「よし、任せたぞ！　馬車や物資は用意したので、好きに使うと良い。それに助っ人も呼んでいる。おーい、来てくれー」

その言葉を合図に、部屋の奥から背の高いお姉さんが現れた。

国王が紹介してくれる
「彼女はグロリア。普段は我が国で活動している冒険者だ。今は司祭とともに穢れについて色々と調査してくれている。是非彼女も連れていってくれ」

「グロリアと申します。ランクAの冒険者です。よろしくお願いいたします」

そう言ってお姉さん――グロリアは丁寧に頭を下げた。

「リュカ殿やシオン殿には及ばないが、彼女も我が国では英雄と呼ばれておる。特殊な魔法、『造形魔法』の使い手でな。きっと役立つことだろう」

そう言って、国王は誇らしげに笑った。

造形魔法とはクリアベールが使っていたとされる、想像したものを具現化する魔法だ。

国王の言う通り、使い手がかなり少ないレアな魔法のはず。

グロリアは僕らの隣に来て、再度頭を下げる。

その後、僕らは国王に挨拶をして、穢れの地へ向かうことにした。

リッカとカルーシャのアミュレットはシオンやザッシュと戦った森を指し示していたので、僕らは転移魔法で共に移動した。

最初グロリアは馬車を使い移動しようとしていたのだが、それでは時間がかかるので、転移魔法を使い、そこから徒歩で目的地に向かおうということになったのだ。

転移魔法を使った時、グロリアもカルーシャ達もかなり驚いた様子だったけど、もうこの反応にも慣れてきた。


森の中を二時間程歩き、アミュレットを使わなくとも、周囲の空気がよどんでいることが分かるようになってきた。

僕はリッカに尋ねる。

「リッカ、この辺りか？」

「うん、近くに穢れた地があるよ。でも、細かい場所までは特定出来なくて……」

グロリアも頷く。

「そうなんです。強い反応があることは間違いないのですが……」

僕は周囲をじっくり見回す。

すると、突如周囲の穢れが黒い煙のようになり、一点に集まる。

それは大きく膨らみ——やがて黒き悪魔を形作った。

第四話　穢れの主、その名はカトゥサ！（何やら因縁があるみたいです）

『おやおや……これほど上等な贄は久々に見ましたよ。ようこそ、我が主が支配する森へ！』

悪魔はニヤつきながら、そう言った。

こいつ、相当な力を秘めているな。

僕は警戒を緩めず、聞き返す。

「贄だと？　どういう意味だ？」

『皆様はどうやら上質な魔力を持っていらっしゃるご様子。我が主に捧げるのに相応しいと思いまして』

やけに丁寧な口調でそう説明する悪魔。

奴は続けて言う。

『さぁ、私に付いてきてください。我が主の元へご案内いたしましょう』

悪魔は背中を向けて歩き出した。

リッカとグロリアがこの場にいる全員に向けて念話を送ってくる。

《コイツかなり強いよ。皆、どうする？》
《リッカさんの言う通り、得体のしれない魔力を感じます。慎重になるべきです》
だが、僕は少し考えて答える。
《でも、コイツが穢れに関係しているのは明らかだし、なんの手がかりもない今、付いていくしかないんじゃない？》
すると、悪魔が足を止め振り向いた。
『皆様、どうされましたか？　早くこちらへ』
再度皆の顔を見る。
皆は小さく頷く。
僕は意を決して一歩踏み出す。

十分ほどが経ち、僕達は森の中にある、小さな墓地にたどり着いた。

森の中にこんなところがあったなんて。

周囲を見回していると、悪魔が見透かしたように言う。

『ふふっ、ここは我が主の許可がなければ来られない特殊な空間なのですよ。我が主はこの森で起きていることを全て見ておられますからね』

そんなことが出来るのか。

やはり主とやら、普通じゃないな。

しかも墓地に入ってから、更に空気がよどんだのを感じる。

恐らくこの奥に穢れの発生地点があるのだろう。

だが、この瘴気《しょうき》、普通の人間なら立ち入っただけで命が危ういぞ。

現に僕達のパーティメンバーとグロリアは特に影響はなかったが、カルーシャ一行は苦しそうな表情をしている。

そして更に歩き、僕らは巨大な墓の前に案内された。

墓石には文字が刻まれている。しかし、ところどころ欠けていて、上手く読めない。

『着きました。こちらへどうぞ』

悪魔が手を挙げると墓が奥にスライドして、地下へ下りる階段が現れた。

『中に我が主がいらっしゃいます。付いてきて下さい！』

そう言って悪魔は階段を下りていった。

階段の下にはかなり強い穢れが充満《じゅうまん》している。

悪魔はそれを気にすることもない。

だが、僕は足を止める。

そして収納魔法からあるものを取り出した。

それを見たグロリアが、聞いてくる。

「あの、なんですか、その玉は？」

「これは聖焼香《せいしょうこう》・改といってね、これを聖炎で燃やすと、アンデッドだけに効く煙を発生させられるんだよ。これを階段の下に大量に投げ込めば、アイツを弱らせられるはず」

僕の言葉を聞いたガイアンが言う。

「おいおい、アイツに付いていく流れだったろ」

「わざわざ瘴気の濃い場所にホイホイ付いていく必要なんてないじゃん」

僕はそう言うと、収納魔法から更に大量に聖焼香・改を取り出す。

「リッカは僕と一緒にこの聖焼香・改に聖炎を灯してくれる？　シオンは火が付いたものから順番に魔法を使って階段の下に放り込んでくれ」

最初、僕とリッカはそれらを聖炎で燃やしていく。

しかし数が多くて面倒になったので、シドラを呼び出してシルバーブレスでまとめて燃やしてもらった。

シオンはそれを、次々と階段下に投げ込んでいく。

その数およそ五十。

投げ込み終わった後はガイアンとグロリアにお願いして、墓を元あった場所に戻してもらう。

そして墓石が動かないよう、強力な封印術を施した。

その後、僕は収納魔法から更に聖焼香・改を十個取り出し、シドラとリッカに聖炎を灯してもらってこの辺り一面にも設置した。

瘴気が一気に薄くなっていく。

カルーシャ達の顔色も先ほどに比べて良くなった。

「瘴気をこれだけ浄化するとは、凄い道具ですね……密閉された階段の下はどうなっているのでしょう」

そんなグロリアの言葉に対して、リッカは首を傾げる。

「あれからしばらく経つけど……何も反応がないね？」

僕は答える。

「大量に聖焼香・改を投げ込んだから、動けなくなったんじゃない」

すると、ガイアンが呆れたように口を開く。

「それにしてもリュカ、えげつない作戦を思いつくな」

「さっき僕達のことを贅扱いしてくれたからね。そのお返しさ」

僕はそう言って、改めて墓石を見る。

リッカの言う通り、特に反応はない。

無論、これだけであいつが倒せるとは思っていない。

でもかなり弱体化させることは出来るはずだ。

……というか、弱体化してもらわないと困る。

あの悪魔から感じた魔力は、第四の魔王デスゲイザーに匹敵しかねない強さだった。

すると、ガイアンが驚いたように言う。

「おい、リュカ！　墓が揺れているぞ！」

本当だ。階段を塞ぐ墓がガタガタと揺れ出した。

「外に出ようとしているんだろうね。でも僕の掛けた封印は簡単には破れないよ」

「あの悪魔、弱っていますかね？」

シオンが尋ねてきた。

「相当苦しんでいると思うよ。僕もとー祖母ちゃんにこれと似たようなことをやられた時は辛かったからね。突然密閉された部屋にぶち込まれて、鍵をかけられたんだ。そこにはほんの少し吸い込むだけで激痛が走る煙が充満しててさ」

ガイアンが叫ぶ。

「なんつー体験談だよ！」

すると、リッカが思い出したように手を叩いた。

「あぁ、あの時のことね！　私がとー祖母ちゃんの化粧水の瓶を割っちゃって、それをリュカ兄ぃのせいにして……その罰よね」

「あれもお前が原因だったのか！　本当にいい加減にしろよ、リッカ!!」

僕がそう怒鳴るも、リッカは反省した様子はない。

シオンは僕に憐れむような視線を向けている。

「……僕も幼少期から辛い目に遭ってきましたけど、リュカさんの家ほどじゃないです……」

まぁ、それが普通の反応だよね。

僕も生まれる家を選べるのなら、平民でも貧しくても、平和な家庭を選ぶに決まっている。

すると、僕らの話を聞いていたカルーシャが驚いた口調で言う。

「貴方達……あれほどの魔力を持った敵を前に、随分余裕があるわね？」

「まぁ、一応魔王と戦ったことだってあるしね」

僕がそう言うと、グロリアが思い出したように言う。

「そういえば、少し前、サーディリアン聖王国で第二の魔王、ヴォルガンスレイヴが討伐されたと新聞で見ましたよ」

その言葉に僕は尋ねる。

「第二の魔王も討伐されたんだ？　どんな人が討伐したの？」

「確かキッド・リターンズという十二歳の少年です。魔剣使いらしいですが……」

「十二歳で魔王討伐って……すげぇな!!　ん？」

ガイアンが首を傾げた。

石の下から悪魔の声が聞こえてきたのだ。

『贄の分際で、ふざけた真似をしてくれましたね！』

「あの、良く聞こえませんので、早く出てきてもらえませんか？」

僕が言うと、更に振動が大きくなり、墓にひびが入っていく。

やはり出てくるか。

僕は皆に警戒するように伝えた。

すると、シオンがこちらを見る。

「リュカさん、覚醒は使いますか？」

「それはやめておこう、コイツの主と戦うかもしれないと考えると、魔力は出来るだけ温存しておきたい」

「リュカ、そろそろ来るぞ!!」

ガイアンがそう叫んだ瞬間、墓が粉々に砕け散る。

そして先ほどの悪魔が姿を現した……のだが——

「なんか……えらくちっさいな！」

僕は思わず叫んだ。

さっきまでの三分の一くらいのサイズになっているのだ。

よほど聖焼香・改が効いたんだな。

すると、悪魔は憎々し気な表情で言う。

『贄よ……よくもやってくれましたね！　もう遊びは終わりで——ぐわぁぁぁぁぁぁ!!』

言葉の途中でシドラがシルバーブレスを放った。

悪魔が転がり回るのを横目に、シドラが言う。

『あるじ~アイツの話が長そうだったからブレスしたんだョ！』

「お手柄だな、シドラ！」

シドラのシルバーブレスは聖属性の炎攻撃だから、悪魔にめちゃくちゃ効くんだよな。

悪魔はなんとか起き上がり、叫ぶ。

『贄が……調子に乗りやがって!!』

「悪いが先ほどの姿ならともかく、聖焼香の効果で体が小さくなったお前が凄んでも大して恐くないよ。口調が乱暴になっているのも、余裕がない証拠だろう？」

『ふざけるな！』

すると、少しずつだが奴の体が徐々に大きくなっていく。

瘴気を吸って、自身を強化しているのか⁉

僕は悪魔の頭を掴んで持ち上げ、後ろに放り投げる。

瘴気の濃い地点から遠ざけるためだ。

すると、奴の体が大きくなるのが止まった。

カルーシャが叫ぶ。

「コイツの相手は私達に任せて。リュカさん達は階段の下に！　そこが穢れの発生地点のはず！」

確かに今のコイツなら、カルーシャ達でも対処出来るだろう。

僕は頷いた。

「ガイアンとグロリアは念のためここに残って、彼女達のサポートをしてあげてくれ！　リッカとシオンは付いてきて！」

そうして僕とリッカとシオンは階段を下りていく。

聖焼香・改のおかげか、先ほどに比べて瘴気はだいぶ薄くなっているな。

やがて開けた空間に出る。

奥には玉座があり、そこには僕と同じくらいの大きさの、ヤギのスケルトンが座っていた。

そいつから、先日戦った魔王に匹敵するほどの力を感じる。

『クッフッフ……ようやく来たか！　まさか貴様とこんな場所で会えるとは思わなかったぞ、リュカ・ハーサフェイ!!』

そいつは僕を見てそう言った。

だが、僕にはこんな骨の知り合いなんていない。

もしかしてコイツも魔王の一人で、仲間を倒した僕のことを知っているとかか？

僕は叫ぶ。

「お前は七魔王の一人なのか！」

『七魔王……何のことだ？　我は魔王とは無縁だ!!』

「え？　魔王じゃないの？　でもこの威圧感は……」

僕が首を傾げていると、目の前のスケルトンは立ち上がり、近づいてきた。

そして意気揚々と言う。

『そんなことより、会いたかったぞ、リュカ・ハーサフェイ!!　あの時の怨《うら》みを今こそ晴らしてくれる!!』

あの時？　はて……なんのことだ？

「お前……どこかで会ったっけ？」

『な……貴様、我のことを忘れたというのか!?』

そう言ってプルプルと震えるスケルトン。

すると、後ろにいたリッカとシオンが言ってくる。

「リュカ兄ぃ、名指しで呼ぶくらいだから、どこかで会ってるんじゃないの？」

「しかも、リュカさんを恨んでいるみたいですけど？」

「こんなに強い気を発している奴なら、覚えていないはずないんだけどなぁ……」

すると、スケルトンが叫ぶ。

『相変わらずふざけた野郎だ!!　我は貴様の顔を見て腸《はらわた》が煮えくり返っているというのに……』

「いや、骨のお前に腸はないだろ？」

僕は思わずツッコミを入れた。

そして改めて記憶をたどる。

これほどの魔力を持った相手を忘れるなんて、まずありえないはずだけど……

「……悪い！　全く覚えてない！　どこで会ったか教えてくれないか？」

『くっ、どこまでも馬鹿にしよって！　まぁ、我が名を聞いたら思い出すだろう！　よく聞け！

我が名はカトゥサだ!!』

カトゥサ……はて？　名前を聞いても全く思い出せない。

そもそも、コイツとはどこで出会ったんだ？

僕がこの大陸に来たのは、ザッシュとの戦いの時くらいだ。

だが、その時にこんな奴に会った覚えはないぞ？

僕はカトゥサに頭を下げる。

「すまん、もう一つ聞かせてくれ！　僕はお前に何をした？」

『名前を聞いても思い出せないのか‼』

「あぁ、全く思い出せん！」

するとカトゥサは半《なか》ばやけくそといった様子で答える。

『あぁあもう！　これなら思い出すだろう！　貴様は我を何度も熱湯《ねっとう》の中に放り込んでは、命が尽きるギリギリの状態まで弄《もてあそ》んだ！　しかもそれを二ヶ月も続けたのだ！』

カトゥサの言葉を聞いたリッカとシオンが、僕にジト目を向けてくる。

「リュカ兄ぃ……そんなことをしたの？」

「それは恨みを買ってもおかしくありませんよ？」

いやいや、そんなをことした覚えなんてないぞ⁉

「カトゥサと言ったな、僕を誰かと間違えてないか？」

『間違えるわけがなかろう！　魔境の森で我にしたことを覚えてないと抜かすか‼』

魔境の森って、カナイ村にある森のことだよな。

でもあそこに行ったのは、確かとー祖父ちゃんの修業で連れていかれたときくらいで……

……待てよ、魔境の森のカトゥサ⁉

第五話　因縁の理由（あの時は確かに……）

僕は思わず叫ぶ。

「思い出した！　お前はあの時の！」

すると、カトゥサは頷く。

『フッ……ようやく思い出したか!!』

「魔境の森で思い出したよ。久しぶりだね、出汁《だし》!!」

『出汁って言うなぁ～～～！』

僕がそう言うと、カトゥサは怒ったように両手をブンブンと振った。

その光景を見ながら、僕は過去の記憶を思い出していた。

僕が十二歳くらいの頃、魔境の森で修業をしているときに、とあるスケルトンに出くわした。

そいつの名がカトゥサだったのだ。

カトゥサの頭骨は煮込めば煮込むほど、旨味たっぷりの出汁を出してくれた。

だから僕はコイツに止めを刺さず、頭骨だけにして常に持ち歩いていたのだ。

いや～カトゥサで出汁を取って魔物の肉とマンドラゴラを入れて煮ると、最高のスープが出来るんだよなぁ～。

ずっと出汁って呼んでいたから、名前を聞いても思い出せなかったよ～。

僕は昔を懐かしみながらカトゥサに言う。

「君は極上の出汁を出してくれる最高の存在だったのに、急にいなくなったよね！」

『貴様の拷問《ごうもん》を受けている最中、新たな力に目覚めて逃げ出したんだ!! よくも何度も何度も何度も何度も熱湯の中に放り込んでくれたな！』

「君は話せたから、魔境の森時代は一緒に楽しく過ごしていたのに……」

『何を良い思い出みたいに話している!? 散々止めろと叫んでも、貴様は笑いながら我を熱湯の中に放り込み続けただろ!!』

うーん、そうだったっけ？

僕はカトゥサに言う。

「まぁ、君は誇って良いよ、今まで色々な食材で出汁を取ってきたけど、君には敵わなかったからね！」

『そんなこと誇れるか！ それに貴様は先ほどから我のことを魔物のように扱っているが、我は魔族だ！ 魔物よりも高位の存在だぞ!!』

あぁ、そういえばあの時もそんなことを言っていたなぁ。

「見栄《みえ》を張っているだけだと思っていたんだ。君、弱すぎたし」

『貴様の強さが異常なんだよ！ 我は下級魔族ではあったが、それでも並の冒険者は圧倒出来たのに、それを貴様はいとも容易く……』

カトゥサは悔しそうな声を上げた。

『まぁ……良い！　我はあの後進化を遂げて下位魔族から上位魔族、更には魔人へと進化したのだ。全て貴様を倒すためだ!!』

その言葉を聞いて僕は少し考える。

「……ということは、更に良い出汁が出るようになったのか！　凄いな！」

『いい加減に出汁から離れろ!!　さぁ、勝負だ！　リュカ・ハーサフェイ!!』

カトゥサはそう叫ぶと、周囲に残っていた瘴気を吸収し、力を解放する。

すると、［剣聖覇気］のように圧が襲ってくる。

この程度ならと一祖父ちゃんから何度も食らっているので耐えられないはずはない。

だが、圧を受けた瞬間、体が一気に重くなる。

僕は思わず呟く。

「……なんだ……体が重い……？」

「僕も、体が上手く動きません！」

シオンもか。

だが、リッカはケロッとしている。

「えっ、二人ともどうしたの？」

カトゥサは喜々とした声を上げる。

『くくっ、リュカ・ハーサフェイ、今の貴様は我と似た力を持っているだろう？』

「カトゥサと似た力……まさか僕の体からも出汁が!?」

『出汁から離れろっつーの!!　そうじゃない、お前と杖を持った男！　貴様らは呪いに掛かっているだろう？　それのことだ！』

コイツ、僕らが呪われていることを見抜いているのか。

そんなふうに驚いていると、カトゥサは続ける。

『我には闇を操る力がある。貴様らは内に闇の呪いを宿しているから、その干渉を受けやすいのだ』

くっ、そんなことがあるなんて。

でもダークに力を借りてから、闇属性の力が増しているのは事実。

そうなると、上手く動けない僕やシオンではなく、リッカに戦ってもらった方が良いか。

僕はリッカに念話を送る。

《リッカ、なんとか出来ないか!?　聖属性の魔法であいつが干渉出来ないようにするとか》

《……うーん、浄化魔法を使えば出来るけど、少し詠唱が必要なんだよね》

つまり、動けないこの状況で時間稼ぎをしなきゃならないということか。

なんとか奴の気を逸らす方法……あ、そうだ！

《リッカ、すぐに詠唱を始めてくれ》

僕の念話に、リッカが答える。

《えっ、でも、それじゃあアイツにバレるんじゃあ……》

《大丈夫、僕に考えがあるから！》

するとリッカは小さく頷き、詠唱を始めた。

あとは、あれをやろう！

僕は思い切り息を吸う。

「おい、カ……カ……出汁！　こっちを見ろ！」

『オイ貴様！　なぜ言い直した!?』

「出汁の方が言いやすいからだよ！　出汁！」

『だから!!　出汁じゃねぇっつーの!!』

カトゥサは僕の言葉に熱心にツッコんでくる。

これこそ、カトゥサを挑発し、時間を稼ぐ作戦である。

コイツ敵のクセに、妙にノリがいいからなぁ。

僕は再度口を開く。

「出汁！　安心してくれ！　君を倒しても、頭部だけは残してあげるから！」

『出汁じゃねぇ!!　つーか今の貴様は動けないんだぞ。我を倒せると本当に思っているのか!?』

「余裕だね。君の頭部は全ての魔王を討伐するまで使い込んであげるよ！　出汁！」

『だから出汁と呼ぶな！　それに後ろの女、お前が詠唱していることも分かっているぞ！』

カトゥサは僕の後ろで詠唱を続けるリッカを見た。

ヤバい、普通にバレてる。

まぁ冷静に考えれば、さすがのカトゥサも気付くよな。

クソ!?　どうすれば!?

そう思っていると、いつの間にかカトゥサの背後に回っていたシドラがシルバーブレスを放った。

『グワァァァァァァァァァァ!!』

全身が焼け、絶叫し、のたうち回るカトゥサ。

ナイスシドラ！

カトゥサの体に付いた火は中々消えず、その隙にリッカが詠唱を進める。

そして、リッカが叫ぶ。

「よし、詠唱が終わったよ！」

すると、僕とシオンの体が光り輝いた。

一気に体が軽くなり、いつも通りの感覚が戻ってくる。

よし、これで戦えるぞ！

第六話　カトゥサの特殊能力（優位に立てたと思っていたカトゥサだったけど……）

炎がようやく消えると、カトゥサは起き上がり、シドラを睨みつける。

『中々面白い真似をしてくれるじゃないか、えぇ!?』

先ほどよりも、禍々しいオーラを発揮《はっき》するカトゥサ。

『ヒッ、怖いョ～』

シドラが慌てて僕の方へ飛んできたので、紋章の中に戻した。

僕は笑みを浮かべる。

「楽しんでもらえただろう?」

『ちっ、貴様のその余裕綽々《よゆうしゃくしゃく》な態度が鼻につくんだよ!!』

「それは出汁が弱いからじゃないのか?」

詠唱が終わってからも、僕はカトゥサを出汁と呼ぶのをやめない。

怒らせて冷静な判断力を少しでも奪おうという作戦だ。

だが、カトゥサは僕の予想に反して、笑いだす。

『フッフッフ……我が弱いか!　なら貴様も弱くしてやろう!　見るがいい!　我が進化の末に身に付けた新たな力を!』

すると、カトゥサの周りで魔力が迸《ほとばし》った。

『食らえ!　[時間逆行]』

カトゥサは黒いオーラを放った。

「!?」

不意を突かれた僕はそれを一身に浴びてしまう。

視界が真っ黒に染まった。

何が起こった⁉　これは……体が徐々に縮んでいっている⁉

黒いオーラが霧散して、カトゥサが目に入るが……大きくなった？

カトゥサは叫ぶ。

『これが食らった者を若返らせる我の奥義、［時間逆行］だ！　どうだ！　リュカ・ハーサフェイよ‼』

カトゥサはそう言って、勝ち誇ったように笑った。

くそ……初めての感覚だ。って、あれ……なんだか眠く……なって……

◆　◆　◆　◆

リッカとシオンは驚愕の表情で倒れたリュカを見る。

床に伏している彼は、どう見ても子供にしか見えないのだ。

シオンが呟く。

「この子が、リュカさんだなんて……」

だが次の瞬間、リュカの体から大量の闇属性の魔力が溢れ出した。

リッカは切羽詰まった声で叫ぶ。

「あの姿……あのときのリュカ兄ぃ⁉」

「えっ、それは一体？」

慌てるシオンを、リッカが引っ張る。

「シオン、すぐに逃げよう！　このままだとリュカ兄ぃは……」

「えっ、でもリュカさんは？」

リュカの体から溢れだす魔力はどんどん大きくなっていく。

魔法を掛けたカトゥサにとっても、この事態は想定外。彼は狼狽《うろた》える。

『こ、これは一体？』

リッカは呆然と呟くシオンの体を引っ張りながら叫ぶ。

「シオン、早く！　リュカ兄ぃは大丈夫だから！」

シオンは状況が分からないものの、頷く。

そして二人は全速力で来た階段を駆け上がり、外に出た。

外ではガイアンと、グロリア、そしてカルーシャのパーティが地面に座り込んでいた。

リッカはガイアンに言う。

「良かった！　そっちは勝てたのね！」

「あぁ！　でもアイツはあんな姿でもかなり強かったぞ」

今度はグロリアが口を開く。

「危ないところを何度もガイアンさんに救っていただきました……って、あれ？　リュカさんは？」

その言葉にリッカは慌てて答える。

「説明している時間はないわ！　でもリュカ兄ぃはかなり厄介な状態なの！　ガイアンとグロリアはそこら辺の墓石であの階段に蓋《ふた》をして！　その間にシオンは私と一緒に結界を張るわよ!!」

リッカの鬼気迫る様子を見て、皆とりあえず頷く。

ガイアンとグロリアが大急ぎで階段を墓石で塞いだ後、リッカとシオンが周囲に結界を張った。

リッカは息を吐く。

「これで少しは被害を防げると良いんだけど……」

すると、ガイアンが尋ねる。

「リッカ、シオン、地下で一体何があったんだ？」

リッカはガイアンに地下でカトゥサと名乗る魔物に会ったこと、その魔物がリュカの知り合いだったこと、そして［時間逆行］という技でリュカが若返ってしまったことを説明した。

それらを聞いたガイアンは目を見開く。

「ちょっと待て！　ということは、今地下にいるリュカは子供なんだろ？　お前らはそんな年齢のリュカを置いて逃げてきたのか？」

リッカは首を横に振る。

「そういうことじゃないわ！　まず、私とリュカ兄ぃがまだ母さんのお腹にいた頃、母さんは強い呪いに襲われた。母さんとお腹にいた私は聖女の力を持っていたからその呪いの影響を受けなかったんだけど、その代わりリュカ兄ぃがその全てを吸収してしまった」

ガイアンが口を開く。

「よく分からないな。それがリュカを置いてくる理由とどう繋がるんだ?」

リッカは説明を続ける。

「呪いを持って生まれたリュカ兄ぃは定期的に体から闇の魔力を放出するようになった。聖女の力を持つ母さんがリュカ兄ぃの闇を発散させていたんだけど、ある時ね、リュカ兄ぃが家族全員でやっと太刀打ち出来るくらいの膨大な魔力を放出したことがあった。それが、リュカ兄ぃが九歳の時」

シオンとガイアンが青ざめる。

「家族全員でやっとって……あの【黄昏の夜明け】でやっとってことですか」

「もしかして地下にいるリュカは、その状態になっているってことか?」

リッカはその言葉に頷く。

「察しが良いね。今シオンと張った結界だって時間稼ぎにしかならないと思う。きっとすぐにリュカ兄ぃは外に出てくる。少しでも周囲への被害を減らさないと」

すると、シオンが言う。

「でも、カトゥサを倒せば時間を戻す魔法が解けて、元の姿に戻る可能性もありますよね?」

「その可能性に賭けたいところだけど——」

突然、大きな地響きがした。

墓が吹っ飛ぶ。

次いで、カトゥサの頭蓋骨を掴んだリュカが階段から上がってきた。

その体からは膨大な魔力が噴き出している。
リュカは浮遊魔法で上空まで飛び、カトゥサの頭蓋骨を地上に向かって放り投げた。
リッカは叫ぶ。
「シオン、覚醒するわよ!!」
リッカとシオンは覚醒した。
それを見たリュカは叫ぶ。
『ギィヤゥウォォォォォォォォォ!!』
そして左手を地面に向け、超巨大な火球を生み出し、地面に向けて放った。
シオンは［エンシェントフレア］を使い、なんとか火球を防ごうとする。
だが、徐々に押されて行く。
グロリアが造形魔法で砲台を生み出し、砲弾を発射することでシオンを援護。
そうしてやっと、リュカの火球は消失した。
シオンは息を乱しながら叫ぶ。
「なんなんですか、あの出鱈目《でたらめ》な威力の魔法は!!」
「殺す気でやらなきゃダメだよ……全開の［モード・ノワール］！」
リッカはそう口にしながら、体の支配権をノワールに明け渡す。
これにより、ノワールの意識が前に出てきて、彼女の力を最大限使えるのだ。
リッカ――もといノワールは力強い口調で言う。

「シオン君、グロリアさん、私に合わせてちょうだい、最大威力の魔法を叩き込むわ!!」

「『はい!』」

ノワールが手を掲げると、巨大な光の球が形成されていく。

そしてグロリアとシオンがそこに更に魔力を注ぎ強化していく。

「行くわよ、皆! 当たれぇ!」

ノワールが放った魔法が、リュカに命中。

大爆発が巻き起こった。

ガイアンが叫ぶ。

「おいおい、雲が一気に消し飛んだぞ! なんつー威力だ!!」

やがて爆風が晴れた。

リュカには傷一つない。

ノワールは思わず呟く。

「そんな、これでもダメなんて……」

すると、いつの間にかガイアンの近くに転がってきていたカトゥサの頭骨が口を開く。

『あの……我も助けてくれると嬉しいのですが』

ガイアンがカトゥサを持ち上げ言う。

「おい、骨! リュカを元に戻せ!!」

『いやぁ……あれは我にも戻せないんです……それに我、ほとんど力を失っちゃいましたし』

そう口にするカトゥサに、リッカは半目を向ける。

「コイツが生きているから、リュカ兄ぃが元に戻らないんじゃないの？」

「なら俺の拳で砕くか！」

ガイアンは手に力を込める。

すると、カトゥサが慌てながら言う。

『ちょ、ちょっと待って下さい！　我を殺しても［時間逆行］は解除されませんよ！　それにリュカ……さんは我を全ての魔王を倒すまで出汁係として生かしてくれると言いました！　リュカさんの許可なく我を消滅させると、リュカさんが大変悲しむと思うのですが……』

ガイアンは舌打ちする。

「出汁係はどうでもいいが、コイツを倒しても解除されないんじゃ意味ないな。じゃあどうするんだよ！　このままじゃマズいぞ！」

すると、シオンが思いついたように言う。

「そうだ！　リュカさんの暴走って、闇の魔力が原因なんですよね。それなら闇魔法の［吸収］を使えば、あの暴走が止まるのでは!?」

［吸収］とは、他人の魔力を無尽蔵に吸い取る、闇属性の魔法である。

その言葉を聞いたガイアンが口を開く。

「そんな魔法があるのか！　よし、シオン、頼む！」

「でも、僕一人じゃあさすがにあれだけの魔力を吸収しきることは……」

その言葉を聞いたノワールが叫ぶ。

「[吸収] は私も使えるよ。シオン君、一緒にやろう！」

「分かりました！　お願いします！」

シオンとノワールはリュカに向けて手を広げる。

「[はぁぁぁぁぁぁぁ！]」

リュカの体が放つ魔力が、二人の掌に向けて凄い勢いで吸われていく。

すると、リュカの動きが一気に鈍くなる。

やがて闇の魔力が出てこなくなり、リュカは意識を失い落ちてきた。

ノワールは吸収を止め、落ちてきたリュカを受け止める。

その後、[モード・ノワール] を解除し、リッカに交代する。

リッカの腕の中で眠るリュカを見て、皆が一息ついた。

ガイアンが言う。

「まさか、こんな方法でリュカの暴走が止まるなんてな。お手柄だぞ、シオン！」

「ただの思いつきでしたけど、上手くいって良かったです」

リッカがリュカを抱きながら、ガイアンに持ち上げられているカトゥサに声を掛ける。

「それで、リュカ兄ぃは元に戻るのよね？」

『はい、[時間逆行] の効果は一日ですから、それが過ぎたら元に戻ると思います！』

ガイアンはカトゥサをぶん投げた。

そして、リッカの腕の中にいるリュカを見る。

「……こうしてみると、子供の頃のリュカって意外に可愛いな」

シオンも言う。

「確かに、女の子みたいです」

「そうそう！　昔はリュカ兄ぃ、よく女の子に間違われていたの！　そのせいでよく怒ってたなぁ」

リッカの言葉に全員が笑った。

その後、グロリアが思い出したように言う。

「そういえばリッカさん、穢れの浄化は良いのですか？」

「あ……そうだった！　えっと……あれ？」

リッカはアミュレットを見る。

そこには土地の穢れを浄化した印である光が灯っていた。

リッカはそれを見て言う。

「土地の浄化は終わったみたい」

この土地の穢れを発生させていたのはカトゥサだった。

それがリュカによって倒された瞬間、浄化は完了していたのだ。

リッカはカルーシャに言う。

「カルーシャはどう？　浄化出来てた？」

すると、カルーシャは首を縦に振った。

「えぇ、でも私にはもう関係ないわ」

リッカは首を傾げる。

「え、どういうこと？」

「あんな戦いを見せられて、この先やっていく自信がなくなったのよ。だからもう、この旅は止めようと思うの。皆も、それでいいわよね」

カルーシャの問いに、パーティメンバーは深く頷く。

「そっか、寂しくなるな……」

「でも、リッカ達のことは応援してるよ。頑張ってね！」

カルーシャはそう言って、リッカと握手を交わした。

第七話　人目を忍《しの》んで（リュカとガイアンは何かを企んでいるようです）

カトゥサとの戦いの翌々日、僕、リュカは城下町にあるグロリアの家で目を覚ました。

彼女は倒れた僕を、わざわざ家に連れてきてくれたらしい。

その後リッカから、意識がない間に何が起こっていたのかを聞かされた。

自分のしたことを知って皆に謝り倒したが、悪いのはカトゥサということで、誰にも責められなかった。

本当に良い仲間に恵まれたと思う。

だが、僕はいまだに元に戻れていない。

グロリアの家のリビングのソファに座りながら呟く。

「僕の姿はいつ戻るんだ?」

すると、頭骨だけとなったカトゥサが言う。

『おかしいですねぇ、[時間逆行]の効果はとっくに切れているはずなのですが……』

カトゥサは僕にボコボコにされたことで力を失い、無害な骸骨《がいこつ》になったので、連れてきた。

[時間逆行]についてはコイツが一番知っているだろうからな。

だが、そんなカトゥサにも、姿が戻らない理由は分からなかった。

すると、隣にいたガイアンが口を開く。

「お前がいつまでもその姿だと困るんだけどな。旅が再開出来ないだろ」

現在、僕とガイアン以外のメンバーは国王陛下に穢れの浄化が完了したことを報告に行っている。

本来はすぐに報告に行くはずだったのだが、僕の体が戻るのを待っていたのだ。

しかし、いつまで経っても戻らないのでしびれを切らしたというわけである。

そんなわけで、僕とガイアンは留守番《るすばん》だ。

僕は言う。

「カナイ村に行ければ母さんやとー祖母ちゃんが原因を探ってくれるかもだけど、転移魔法が使えないし……」

僕はあの一戦以来、魔法を使えなくなってしまっていた。

あの戦いで魔力を使いすぎたからなのか、それとも幼くなったからなのかは分からない。

異変はそれだけではない。紋章からシドラを呼び出すことも、アトランティカの声を聞くことも、鞘から抜くことも出来なくなってしまった。

ガイアンは頷く。

「リッカとシオンも前の戦いで魔法を使いすぎたせいで、今は魔力が上手く練れないらしいからなぁ。転移魔法が使えないってのは、不便なものだなぁ」

そうなると、やっぱりカナイ村に戻るのはやめておいた方がいいだろう。

魔猟祭は間近だし、今の僕じゃカナイ村の近くの魔物に襲われたらひとたまりもないからね。

僕はガイアンに尋ねる。

「皆の帰りって、結構遅いんだよね？」

「城の帰りに寄り道すると言っていたか。確かシフォンティーヌ家とファルシュラム家に行くとか……なんでそんな高貴な家に行くんだったかな。貴族家になんの用事があるというのだろうか……」

ガイアンの言葉に、僕は首を傾げる。

「何言っているんだよガイアン、シフォンティーヌ家はシンシアの実家でファルシュラム家はクララの実家じゃないか。二人に会いに行くってことじゃないの？」

僕がそう言うと、ガイアンは身を乗り出して驚く。

「はぁ？　あの二人は貴族令嬢だったのか⁉」

なんだ、ガイアンは知らなかったのか。

彼は言う。

「いやー、知らなかったよ。そう言ってくれればいいのに」

僕はあることに気付く。

「あっ、てことはリッカ達がシンシアとクララをここに連れてくる可能性もあるのか。あの二人に今の姿を見られたくないなぁ。恥ずかしいし……」

「ははっ、確かにあの二人は、今のリュカを見て、『可愛いー』とか言いそうだな」

ガイアンは冗談っぽく笑うが、僕は本気で嫌なのだ。

女の子に自分の子供時代の姿を見られるのは、中々恥ずかしい。

なんとかならないかと考えていると、僕はあることを思い出す。

「あ！　この近くにこういう事態の対処に長《た》けた人がいた！」

「そんな人がいるのか？」

ガイアンの言葉に、僕は頷く。

「実はかー祖父ちゃんと母さんの弟子達がこの王国の近くで働いているんだ。時間があったら顔を出してやれと言われていたのを今思い出したよ」

「……つまり、俺の兄弟子でもあるわけだな！　どんな人達なんだ？」

「ゼインさんとドルガさんとボルクスさん。皆かー祖父ちゃんから格闘術を学んで、更に母さんから回復魔法の手解《てほど》きも受けていたはずだ」

するると、ガイアンは納得したように頷く。

「なるほど、回復魔法の使い手なら、今のリュカを治療出来るかもしれないということか」

だがその後、ガイアンは思い出したように首を傾げる。

「あれ、でも、師匠達の弟子なら、魔猟祭に行ってるんじゃないのか？　弟子は基本全員集合なんだろ？」

「ううん。その人達は今治療師として活動しているらしくて、今回の魔猟祭には参加しないらしいんだ。さすがに数週間も不在だと患者《かんじゃ》に迷惑が掛かるかもってことで」

「なるほどな！　で、その人達はどこで働いているんだ？」

「えっと……確か女王蜂蜜館《じょおうはちみつかん》って場所だったはずだけど」

すると、ガイアンは不思議そうに口を開く。

「女王蜂蜜館？　そこはこの国の歓楽街《かんらくがい》にある高級整体店の名前だぞ？　女性整体師が極上のマッサージをしてくれるとかっていう……」

はっ!?　女性整体師!?　どういうことだ？　あの三人は男だぞ。事務員として働いているとか？　でも、あの三人は治療師だし……

僕が不思議に思っていると、ガイアンが尋ねてくる。

「本当にそこなのか？　記憶違いじゃないのか？」

「いや、確かに女王蜂蜜館だったと思う。前にとー祖父ちゃんに聞いた時、凄い変わった名前だなって思ったからさ」

僕の言葉を聞いたガイアンは言う。

「リュカがそこまで言うなら、その三人が女王蜂蜜館で働いているのは間違いないんだろうな。どうする？　直接行ってみるか？」

ガイアンの問いに少し考えて答える。

「うん……あっ、でも今の姿じゃ無理かな？」

そうだ、今の僕は子供の姿をしているんだった。

もしかしたら子供の入店は断られるかもしれない。

すると、ガイアンが言う。

「顔を隠せばハーフリング族の成人ってことで誤魔化せるんじゃないか？」

ハーフリング族は小柄な種族。

確かにそれなら行けるかもしれない。

「さすがガイアン！　それなら早速行こう……って、あっ、でも、ガイアンは大丈夫なのかな～」

僕はとあることを思い出し、ニヤニヤしながら言った。

「大丈夫って、何がだよ？」

「最近、ガイアンとグロリア、結構いい感じじゃない？　もし歓楽街に行ったことがグロリアにバレたら、怒られるんじゃないの～」

あの戦いが終わってから、ガイアンを見るグロリアの視線がやけに熱っぽいのだ。

それに呼び方も、『ガイアンさん』から『ガイアン』に変わっている。

グロリアはガイアンと一緒にカトゥサの部下と戦っていたから、その時に何かあったのかもしれない。

まぁガイアンは普通にかっこいいし、強いし、女性にすごく優しいから、グロリアが好意を持っても全然不思議じゃないけどね。

「なっ!? 別にグロリアは関係ないだろ？」

ガイアンは顔を赤くする。

この反応からして、ガイアンもまんざらではなさそうだ。

僕は揶揄《からか》うように言う。

「え～、でも、グロリアって真面目だし、きっとガイアンが歓楽街に行ったって知ったら怒ると思うなぁ～」

ガイアンは、照れを隠すように叫ぶ。

「人を訪ねるだけだ！ いかがわしいことをしに行くわけじゃないんだからいいだろ！ ほら、さっさとマントを着ろ！」

僕は満足したので、荷物からマントを取り出して身にまとった。

すると、なぜかガイアンまでマントをまとう。

「ガイアンは大人なんだし、顔を隠す必要なくない？」

不思議に思い尋ねると、ガイアンは小さい声で言う。

「いや、まぁ、そうなんだが……一応知り合いに見られないようにな……」

なんだ、やっぱりガイアンもグロリアのことを気にしているんじゃないか。

僕らは着替えた後、女王蜂蜜館に向かった。


一時間後、僕らは女王蜂蜜館の前にいた。

周囲に華やかな建物が多く立ち並んでいるが、ここはその中でもかなり大きい。

ガイアンが話しかけてくる。

「なぁリュカ、今思ったんだが、こういう店で働くなら本名は使わないのかもな」

「なるほど……となると、探すのは結構厄介かもね」

とはいえここにいても何も解決しない。

とりあえずお店の中に入る。

受付で三人の名前を伝えると、その人は頷いて奥の扉に入る。

本名が通じて良かった。

待つことおよそ十分。

奥の部屋から、三人の女性が手を振りながらやってきた。

ガイアンが僕に聞いてくる。

「その……今回会いに来たお弟子さん達は皆男なんだよな？」

「そのはずなんだけどね……」

「でも目の前にいる三人は……どう見ても女性なんだが？」

そう、ガイアンの言う通り、目の前にいるのは綺麗な女性三人。

どういうことだ……？

僕は不思議に思いつつも、三人に話し掛ける。

「あの、僕はゼインさんとドルガさんとボルクスさんを呼んだのですが……こちらに在籍《ざいせき》していないんですか」

すると、三人の女性達は頷き合ってから、右から順に口を開く。

「確かに私達は以前その名前で生きていましたわ。でも今はその名前も男であった過去も捨てています。今の私はバーバラと言いますの！」

「アタイはキャサリンですわ！」

「シャルロットと申しますわ！」

僕は衝撃を受けた。

僕の知っているゼインさんとドルガさんとボルクスさんは、全員筋肉ムキムキの男だったわけだし。

でも今目の前にいる三人、どこからどう見ても、女性にしか見えない。

メイク魔法を使ったのだろうか？　それにしてもこれほど姿が変わることがあるか？

そんなことを考えていると、バーバラさんが尋ねてくる。

「それで、そのフードの下の顔……君はリュカ君だよね？　成長していないみたいだけど……」

まだ名乗ってないのに、僕の名前を知っているってことは、やっぱりこの人達は僕の知るゼインさん達なんだ。

女性の姿になっていることは正直かなり驚きだが、まぁ、今はそれは置いておこう。

僕はそう割り切りフードを外す。

「そうです。そして隣にいるのが仲間のガイアンです。貴女方の弟弟子でもあります」

すると、キャサリンさんが口を開く。

「あら、貴方も師匠の弟子なの。それにしてもいい筋肉をしているわね。昔を思い出すわ」

バーバラさんとシャルロットさんも頷いている。

そして、三人は口を揃えてポーズを取った。

「「「マッスルフォーム！」」」

「「!?」」

僕とガイアンは思わず目を見開く。

着ているドレスはそのままに、彼女達の上半身の筋肉が一気に膨れ上がったのだ。

……なるほど、やっぱり魔法で姿を変えていたんだな。

顔や服装こそ違うが、その体つきは僕が子供の頃に見た三人の姿そのものだった。

シャルロットさんがガイアンを見ながら言う。

「ふふっ、貴方の体が素晴らしいから、昔の体に戻っちゃったわ。さぁ、貴方ももっと筋肉を見せてちょうだい！」

「はっ、はい！」

ガイアンは力強く頷くと、彼女達と同じようにポーズを取った。

それから数分間、四人は無言でひたすら筋肉を震わせ続けていた。

僕はその様子を意味も分からず眺め続ける。

しばらくしてゼインさん達は女性の体に戻り、ガイアンと熱いハグをした。

……うーん、本当になんだったんだろう。この時間は。

すると、突然受付の扉が開いた。

第八話　ガイアンよ、永遠に……（絶体絶命です！）

開いたドアの先にはなぜかリッカとシオンとグロリア、それにシンシアとクララの姿もあった。

なぜ皆がここに⁉

「歓楽街に向かうガイアンとリュカさんの姿を見つけたのでこっそり後を付けてきましたが……一体何をしているのですか？」

そう言って、ガイアンを睨むグロリア。

その言葉と表情から、本気で怒っているのが分かる。

……まぁ、確かにはたから見たら、今のガイアンは女性三人を受付で抱きしめている男だからな。

ていうか、変装していたのに、あっさり見破られていたのか。

そもそも歩いているところを見られていたなんて、どんな偶然だよ。

グロリア以外の全員もゴミを見るような目つきでガイアンを見ていた。

ガイアンは、大慌てでバーバラさん達から離れる。

「ち、違うんだグロリア！　これには理由があってだな!!」

「歓楽街にあるお店で三人の女性を抱き寄せることに、どんな理由があるんですか？」

グロリアの言葉に狼狽《うろた》えるガイアン。

僕が内心ニヤニヤしていると、ガイアンがこちらを見た。

「リュカ、頼む！　グロリアに事情を話してやってくれ！」

まぁこのままじゃガイアンだけじゃなく、僕も誤解されそうだし、説明するか。

僕は皆に、ここに来た経緯《けいい》を説明した。

すると、僕らが決していかがわしい目的でここに来たんじゃないってことをグロリア以外には納得してもらえた。

しかし、グロリアが険しい顔をしながら僕に言う。

「……事情は分かりましたが、それとガイアンが彼女達と抱き合っていたことになんの関係が？」

うーん、あの筋肉のやり取りをなんて説明しよう……

僕は少し考えてから言う。

「えっと、この女性達はガイアンの姉弟子みたいなもので、初めての顔合わせでテンションが上がってしまってああなった、のかな？」

グロリアの後ろにいたリッカが口を開く。

「ガイアンの師ってかー祖父ちゃんだよね？　でもかー祖父ちゃんの弟子にこんな人いたっけ？」

「やっぱり、嘘を言っているんですね！」

そう口にしつつ、魔法を発動しようとするグロリア。

だがその瞬間、バーバラさんがグロリアに一瞬で近づく。

そして彼女の左肩の付け根を突き、首の右側に手刀を見舞い、左脇腹に掌底を打ち込んだ。

流れるような動作である。

グロリアは立ったまま動かなくなった。

今のは［点穴三芯《てんけつさんしん》］という技で、体のツボを突いて、相手を動けなくする格闘術の一種だ。

バーバラさんは小さく微笑んで言う。

「いきなりごめんなさいね英雄さん。でもお店で暴れられると困るし、リュカ君の言っていること、本当だから」

グロリアは苦しそうな顔をしながらも、なんとか口を動かす。

「でもさっきリッカさんが、このような弟子はいないと……」

「修業時代の私は男だったからね、今は女だけど」

バーバラさんの言葉に、グロリアだけでなく、皆が驚く。

まぁその反応が当然だよな。僕もそうだったし。

すると、リッカが僕の耳元で話し掛けてきた。

「男性から女性になったって言ってたけど、もしかしてあの人達って私の知っている人？」

そう言って、リッカはバーバラさん、キャサリンさん、シャルロットさんを見た。

僕は少し考えて言う。

「……うん、リッカも知っている人だけど……」

どうしよう、話して良いものか……

というのも、ドルガさん――今はキャサリンさんだが――はリッカの初恋の相手なのだ。

リッカはドルガさんが村にいる時はいつもべったりと付きまとっていたし、彼が村から離れる時には大泣きしていた。

確か、告白をしたこともあったはず。

初恋の相手が女性になっていたと知ったら、ショックではなかろうか。

……と思っていたら、リッカちゃん、キャサリンさんがリッカを見て言った。

「貴女もしかしてリッカちゃん？　すごく大きく、それに可愛く成長したね！」

「あ、はい……どうも」

リッカはとりあえず返事したが、キャサリンさんが誰かは分かっていないようだった。

まぁここまで来たら隠すのも不自然だし、説明するか。

それに初恋と言っても子供のころの話だからな。今更大きなショックを受けることもないだろう。

「リッカに紹介するね、彼女の名前はキャサリンさん。かつての名はドルガさんだよ」

「え……？」

リッカはギョッとしつつ、キャサリンさんの顔を見る。

まぁここまで姿が変わっていたら、そりゃあ混乱もするよな。

昔のドルガさんは爽やかイケメンだったし、リッカの好みドストライクって感じだったからな。

リッカは驚きながらも、なんとか問いかける。

「えーっと……本当にドルガさんなの？」

すると、キャサリンさんは艶《なま》めかしく笑う。

「その名前はもう捨てていてね、今はキャサリンって言うの♡」

すると、リッカが消え入りそうな声で言う。

「私が成人になったら迎えに来てくれるって約束は？　私、ずっと待っていたのに……」

「あぁ、昔そんな話をしたわねぇ～、懐かしい～！　それからリッカちゃんはどう？　彼氏とか出来た？」

キャサリンさんの言葉を聞いたリッカは……動かなくなった。

まだドルガさんのことが好きだったのか……憐れなり。

……しばらくそっとしておこう。

シンシアとクララが近づいてきた。

「それにしても、リュカ君、本当に小さくなったんだね！」

「リッカに話を聞いて思わず会いに来ちゃったけど、すっごく可愛いよ！」

「え？　何……うわぁ！」

僕はシンシアに抱き上げられて頬ずりされた。

クララは体のあちこちを触ってくる。

くすぐったくて抵抗しようとするが、子供の体では逆らうことが出来ない。

それから約十分間、僕はさんざん弄ばれた後にようやく解放された。


「はぁ、エラい目に遭った……」

シンシアとクララから解放された後、僕は思わず呟いた。

すると、シオンが話しかけてくる。

「リュカさん、お疲れ様です。それで、体が小さくなった件について、何か分かったんですか？」

その言葉を聞いて、僕は本来の用事を思い出す。

そうだ。ここに来たのは体を調べてもらうためじゃないか。

色々ありすぎて失念していた。

僕は真面目な顔でバーバラさんとキャサリンさんとシャルロットさんに事情を説明する。

三人は、真剣に話を聞いてくれた。

「あの、なんとか元に戻れませんか？　最悪体はそのままでも魔力が使えれば良いですから！」

三人は僕の体を調べ始める。

体に触れたり、魔力を流したり、気を流し込んだり。

しかし、僕の体には何の変化もなかった。

三人はお手上げと言わんばかりに肩をすくめる。

そして、バーバラさんが言った。

「うーん、ダメね。何にも分からないわ。そもそも魔法や気の使いすぎで老化する例はあるけど、幼くなるという例は聞いたことがないの。申し訳ないけれど、見当もつかないわ」

すると、今度はキャサリンさんとシャルロットさんが言う。

「魔力で全身を見たし、治療魔術も掛けてみたけど、なんの手ごたえもなかったわ」

「私は気を送ってみたんだけど、ダメね。リュカ君の体に全く魔力が流れていないことだけは分かったけど……」

どうやら三人をもってしても、僕の容体は分からないようだ。

幼くなった原因はカトゥサの［時間逆行］だが、その効果はとっくに切れているはずなので、何か他の理由があるに違いない。

すると、やはり思い当たるのは、子供に戻った時に魔力が暴走したことだろう。

僕は幼少の頃から何度か魔力を暴走させていたらしく、その度に両ばーちゃんや母さんがなんとかしてくれたらしい。

「うーん、となると、やっぱりカナイ村に戻るしかないのかな。でも魔猟祭があるからな……」

そう呟くと、バーバラさんが口を開く。

「そういえば、カナイ村はもう魔猟祭の時期なのね～。私達も行ければ良かったんだけど、お客が途切れなくてね……」

そう言って、三人は自分の仕事を説明してくれた。

曰く、三人は冒険者達の整体やマッサージ等をしているらしい。

最初は普通の病院で働いていたが、こちらの方が給料が高かったんだとか。

三人の施術は疲れを丸ごと吹き飛ばすということでお客の評判がかなり良いようである。

その後、僕らはしばらく話をしたが、結局解決はしなかった。

バーバラさん、キャサリンさん、シャルロットさんに別れを告げ、女王蜂蜜館を後にした。

第九話　リュカの離脱（引き際を弁《わきま》えているようです）

女王蜂蜜館を訪れた日から、一週間が過ぎた。

僕の姿はまだ戻っていない。

リッカやシオンは、まだ本調子とは言えないが、だいぶ力を取り戻したようだ。

転移魔法も、もうそろそろ使えそうとのこと。

色々考えた結果、僕は皆の足を引っ張りたくなかったので、僕抜きで旅を再開するように言った。

とは言っても、僕に何かあったらすぐに転移魔法で戻ってきてもらえるように、連絡用の魔道具を用意した上でだが。

僕らは今、グロリア宅のリビングで、次に向かう場所について会議していた。

ちなみに、グロリアも仲間に加わることになった。

彼女が一緒に行きたいと頼んできたのだ。

ガイアンと離れたくなかったのかなぁ。

理由はさておき、彼女の実力は確かだし、反対する人はいなかった。

次に向かう場所を決めるため、皆で地図を眺める。

少しして、ガイアンが言う。

「次に向かうのは、フレアニール大陸かゲルギグス大陸がいいんじゃないか？」

「ゲルギグス大陸って、かなり過酷な環境だったはずだよね」

僕の言葉に、皆が頷く。

というのも、この大陸は二つに分かれていて、半分は万年雪に覆われており、もう半分は灼熱《しゃくねつ》の砂漠地帯なのだ。

どちらも魔王サズンデスが支配していた頃は、比較的穏やかな気候だったらしいのだが、奴がダンに倒されたことで魔力バランスが崩れ、異常な気候になってしまったらしい。

ガイアンが再び口を開く。

「……ゲルギグス大陸はリュカ抜きでは厳しいかもな……だとすると……比較的マシなフレアニール大陸の方にするか」

ガイアンの言葉に皆が頷き、次の目的地が決定した。

シオンが口を開く。

「次は移動手段ですね。フレアニール大陸には誰も行ったことがありませんから、転移魔法は使えません。どうしましょうか」

「浮遊魔法で行くのはどう？」

リッカの提案を聞いて、ガイアンが首を横に振る。

「グロリアが浮遊魔法を使えないからな。短距離なら俺が抱えてもいいが、ここファークラウド大陸からフレアニール大陸まで浮遊魔法で行くとなったら、半月以上は掛かる。さすがに船を使うしかないんじゃないか」

ファークラウド大陸からフレアニール大陸は、地図上では比較的近い場所にある。

それでも両大陸を移動しようとしたら、船で一週間近く掛かるのだ。

とても浮遊魔法で飛んでいける距離ではない。

だが、ガイアンの言葉を聞いたシオンが嫌そうな顔をする。

「船で移動ですか……」

「シオンは船が苦手なの？」

リッカの問いにシオンは答える。

「昔、エルドナート大陸からファークラウド大陸に行くときに船を使いましたが、そのときかなり酔ってしまって。船旅は二度としたくないと思いましたよ」

「ですが、長距離を移動する手段は船以外には思いつきません……」

そんなグロリアの言葉を聞いたシオンは「仕方ないですね……」と言って溜息をついた。

それを聞いて、ガイアンが手を打ち鳴らす。

「じゃあ、次の目的地はフレアニール大陸！　リュカは体が戻り次第、通信の魔道具で俺達に連絡してくれ。転移魔法で迎えに行く」

ガイアンの言葉に皆が頷く。

その後、リッカが尋ねてくる。

「ちなみにその期間、リュカ兄ぃはどうするんだっけ？」

「しばらくの間はグロリアの家に住まわせてもらうことになってる。大丈夫、ちゃんと掃除もするし、汚さないよ」

僕の言葉にグロリアは頷く。

「事前にお話をいただいていましたし、構いません。あっ、でも……ファルシュラム公爵家やシフォンティーヌ公爵家にお世話になった方が良いのでは？　あちらの方が環境が整っていますし」

その言葉にリッカが言う。

「確かに、シンシアやクララなら事情も知っているし、色々サポートしてくれるんじゃない？」

「いや……それはちょっと……」

僕は女王蜂蜜館でのことを思い出し、そう答えた。

シンシアとクララも協力してくれるとは思うけど、他にも何か要求されかねない。

この間女王蜂蜜館で拘束された時も、半ズボンが似合いそう……とか耳元で言ってきたし、好き勝手されるのが目に見えている。

そうなった時、この体だと抵抗出来ないし。

幸い、リッカは興味なさげに「ふーん」と言うだけだった。

「となると、リュカさんは一人で待機ということですね」

シオンの言葉に頷く。

「うん。せめてシドラを呼べたら良かったんだけどなぁ……」

体の中にシドラがいる感覚はあるし、魔力が戻れば呼び出せると思うんだけど……

魔剣アトランティカとも話せないし、退屈だ。

その時、ふと思った。

今の僕がアトランティカを所持していて良いのだろうか。

この剣は英雄ダンが所持していた由緒ある魔剣だ。

もし今、この剣を狙う奴に襲われたら、僕はなすすべもなくアトランティカを奪われてしまうだろう。それはあまりにもマズい。

僕は少し考えて言う。

「リッカ、アトランティカをリッカの収納魔法で保管しておいてくれないかな?」

「それは構わないけど、どうして?」

「今の僕は盗まれたら取り返せないし、リッカに預けておいた方が安心だろ?」

僕がそう言うと、リッカとシオンは、シャンゼリオンやクルシェスラーファと会話を始めた様子だった。

今の僕にはそれらの声が全く聞こえないので、何を話しているか分からない。

しばらくして、リッカとシオンが言う。

「シャンゼリオンが、アトランティカの声が聞こえるようになれば、アトランティカの能力でリュカ兄ぃが小さくなった原因を探れるんじゃないかって。だからリュカ兄ぃが持っていた方がいいんじゃない？」

「クルシェスラーファも『今は資格がないかもしれないけど、一度契約したのなら手放さないで守り通しなさい』と言っています」

まぁ……それもそうか。

「……ごめん、二人の言う通りだ。やっぱりこれは僕が持つよ」

僕の言葉に、二人は満足したように頷く。

「しかし……魔力がなくなると本当に不便だな」

ガイアンの呟くような言葉に、リッカが反応する。

「あっ、もしかしたらさ、一回死ねば元に戻れるかもしれないよ。体がリセットされる的な感じで」

僕は小さくなる前は、［オートリレイズ］を自分の体に掛けていた。

だが、その発動には結構な魔力が必要なんだよな。今の状態で発動するのかな。

すると、シオンも同じことを思ったようで、心配そうに言う。

「［オートリレイズ］が発動しなかったら困りません？」

「確かに、リスクが高すぎるか」

今度はガイアンが口を開く。

「そういえば、リッカは蘇生魔法が使えるんじゃないか？」

「使えなくはないけど、私の蘇生魔法は母さんと違って成功率三十パーセントだからね。しかももし失敗したら、二度と生き返れなくなっちゃうの」

リッカの言葉を聞いて、ガイアンは唸《うな》る。

「うーん、それはマズいな。ちなみにシオンは蘇生魔法は使えないのか？」

「回復魔法や治癒魔法は使えますが、さすがに蘇生魔法は無理です。僕は聖女じゃありませんし」

やはり一度死んで蘇生するのは現実的ではないみたい。

「そうか、それじゃあリュカの剣は一旦棚上げするとして。とりあえず俺達だけでフレアニール大陸を目指すという形で良いんだな？」

ガイアンの言葉に皆が頷いた。

その後、シオンが言う。

「となると次に考えるべきは、フレアニール大陸のどこに穢れがあるかですね」

「あの大陸は意外に広いぞ。穢れた地がテルシア王国寄りにあったら、港から移動するのにも時間が掛かりそうだな」

テルシア王国はフレアニール大陸の南西に位置しているが、港は大陸の北東にしかない。もしテルシア王国に穢れがあったら、船から降りた後もかなり移動しなければならなくなるだろう。

ガイアンの言葉を聞いたシオンも頷きながら言う。

「七大陸でバストゥーグレシア大陸に次ぐ広さですからね。リッカさんのアミュレットでは、穢れがどの辺りにあるか分からないんですか」

「もう少し穢れに近づけば反応の強さで分かるけど、さすがにここからじゃあ、大雑把《おおざっぱ》な方角くらいしか分からないよ」

その言葉を聞いたガイアンが口を開く。

「行ってみるしかないってことか。ちなみに、他に懸念はないか？」

「大陸南東のエルヴの大森林は迷いそうかも。あっ、でも近くにガイウスさんとクリスさんがいるから頼めば道案内をしてくれるか」

僕がそう言うと、ガイアンが興奮した様子で反応する。

「それって、ダンとともに魔王サズンデスを倒した英雄ガイウスと英雄クリスのことか⁉　なんでその所在をリュカが知っているんだよ⁉」

「あれ、この話をするのは初めてかな？　とー祖父ちゃんの師匠が英雄ダンとクリスさん、とー祖母ちゃんの師匠がレイリアさん、かー祖父ちゃんの師匠がガイウスさん、かー祖母ちゃんの師匠がグランマことクリアベールなんだよ。だから住んでいる場所を知っているんだ」

もっとも、頻繁に会えるわけではない。

僕が最後にガイウスさんとクリスさんに会ったのはだいぶ幼い頃だし。

すると、ガイアンとシオンは興奮したように身を乗り出してくる。

「なっ、それは本当なのか!?　凄い、凄すぎるぞ！　エルヴの大森林に行けば英雄ガイウスと英雄クリスに会えるなんて」

「えぇ！　それに【黄昏の夜明け】の師匠がかつての英雄達だったことも初耳です！」

僕は二人に尋ねる。

「何か二人とも嬉しそうだね？」

すると、ガイアンとシオンは僕に顔を近づけてきた。

「お前……英雄ガイウスと英雄クリスだぞ！　【黄昏の夜明け】のメンバーに会えたのも嬉しかったが、二人はそれ以上の存在だからな!!　冒険者なら誰だって憧れるだろ！」

「そうですね、僕も会えるならお会いしたいですよ！　なんせ、魔王サズンデスを倒した方々なのですから！」

「よし、英雄達に会いに行くぞ!!」

しかし、グロリアは冷静に言う。

「目的を見失わないでください。あくまでも目的はフレアニール大陸の穢れの浄化ですよ。英雄に会いに行くのは、その後時間があったらにしましょう」

ガイアンは残念そうに言う。

「……そうか、まぁ、それは仕方ないな……よし、なら急いで準備をするか！」

それに対してリッカが言う。

「それは良いけど、ここからフレアニール大陸に行くならまずサンデリア港まで行かないといけないよね。結構距離があるけどどうするの？　グロリアは空を飛べないし」

「そうなると馬車旅になるわけですね、僕の収納魔法には馬車や、従魔であるウォーリアもしまわれていますからお任せください」

シオンが言うウォーリアとは、彼の従魔である巨大な馬型の魔物——ギガントウォーリアフェーズのこと。

普段はシオンの収納魔法にしまわれているのだ。

ウォーリアは念話を使えるので、カナイ村にいたとき、僕は何度か話をしたことがある。

シオンの言葉を聞いたガイアン達は早速準備を始めた。

そしてあっという間に準備を終えた。


翌日、僕はグロリアの家の前で、四人を見送る。

シオンが出した馬車には、すぐに使うかもしれない荷物が積んである。

ちなみに、シオンが召喚したウォーリアとも、僕は会話出来なかった。

これも魔力が使えないからだろう。

でもシオンが言うには、ウォーリアはシドラに会えると思って楽しみにしていたらしい。

申し訳ないことをしてしまったな。

ようやく準備が終わったようで、ガイアンが口を開く。

「よし、それじゃあ行くか！」

その言葉に皆が頷いた。

「リュカ兄ぃ、シンシアとクララにはリュカ兄ぃがまだこの街にいることは話してあるから、何かあったら頼ってね」

「分かったよ、リッカも気を付けてね」

すると、グロリアが言う。

「それではリュカさん、私の家をお願いしますね」

それに対し、僕はサムズアップを返す。

こうして僕以外の四人はクラウディア王国から旅立っていった。

寂しくないと言えば嘘になるが……今の僕では足手纏いにしかならないし、迷惑を掛けたくない。

これで良かったんだ……と無理やり納得した。


それから三日後……僕は一人、庭で剣の素振りをしていた。

当然だが、体はまだ小さいままだ。

それでも家でじっとしているのは嫌だったので、僕は毎日素振りをすることにしている。

筋肉のついていないこの体では中々大変だが、きっと何かの役に立つはずだ。

そして素振りを終えたあと、僕は一人呟く。

「……本当にいつになったら戻るんだ？」

すると、庭の隅で僕を見ていたカトゥサが言う。

『坊ちゃん、やはり皆と一緒に行きたかったんですかい？』

「そりゃあね、なんだかんだ言っても一緒に旅をしていたからね」

『なら坊ちゃんを元気付けるために、今日はいつも以上の出汁を出してみせまさぁ！』

今の僕には語り掛けてくれるアトランティカもシドラもいない。

だけどカトゥサが近くにいるだけで、少しは救われていた。

僕は皆の旅の無事を祈りながら言う。

「さて、ご飯の用意をしますか！」

Re:Monster
リ・モンスター
1～9・外伝
8.5
暗黒大陸編1～3
金斬児狐
Kanekiru Kogitsune
シリーズ累計
150万部
(電子含む)
突破!
TVアニメ化
決定!!
ネットで話題沸騰
怪物転生
ファンタジー
最弱ゴブリンの下克上物語 大好評発売中!
Re:Monster
リ・モンスター
金斬児狐
転生したのはまさかの最弱ゴブリン!?
【小説】
1～9巻／外伝／8・5巻
新章
Re:Monster
暗黒大陸編
1
最弱ゴブリンから最強黒鬼そして新世界の伝説へ!
新たな旅が今始まる!
65万部!
新シリーズ!
【小説】
1～3巻(以下続刊)
◉各定価：1320円(10%税込)
◉illustration：ヤマーダ
◉各定価：1320円(10%税込)
◉illustration：NAJI柳田
コミカライズも大好評!
Re:Monster
リ・モンスター
1
転生したのは…最弱ゴブリン!?
異世界下克上
サバイバルファンタジー
累計23万部突破!!
待望のコミカライズ!!
【漫画】
1～10巻(以下続刊)
◉各定価：748円(10%税込)
◉漫画：小早川ハルヨシ

月が導く異世界道中
Tsukiga Michibiku Isekai Dochu
あずみ圭
Azumi Kei
1~18
8.5
シリーズ累計
350万部
(電子含む)
の超人気作!
TVアニメ 第2期
2024年1月から
2クール
放送決定!
月が導く異世界道中
あずみ圭
薄幸系男子の成り上がりファンタジー、開幕!
なんでだろう 親の都合で異世界へ
第5回アルファポリスファンタジー小説大賞 読者賞受賞作!
待望の書籍化!
異世界へと召喚された平凡な高校生、深澄真。彼は女神に「顔が不細工」と罵られ、問答無用で最果ての荒野に飛ばされてしまう。人の温もりを求めて彷徨う真だが、仲間になった美女達は、元竜と元蜘蛛!? とことん不運、されどチートな真の異世界珍道中が始まった!
月が導く異世界道中
1
あずみ圭
木野コトラ
とことん不運、されどチート!!
29万部
2期までに
原作シリーズもチェック!
●各定価:1320円(10%税込)
●illustration:マツモトミツアキ
1~18巻好評発売中!!
漫画:木野コトラ
●各定価:748円(10%税込) ●B6判
コミックス1~12巻好評発売中

天才工芸職人の
のんびり
プチ隠居ライフ、
開幕！

ブラック商会を
クビになったので

DIYに 旅行に 畑いじり!?

好きなことだけで生きていく

前世の日本でも、現世の異世界でも、超ブラックな環境で働かされていた転生者ウィルム。ある日、理不尽に仕事をクビにされた彼は、好きなことだけしかしないセカンドライフを送ろうと決めた。簡素な山小屋を住み、好きなモノ作りをし、気分次第で好きなところへ赴いて、畑いじりをする。そんな最高の暮らしをするはずだったが……大貴族、Sランク冒険者、伝説的な鍛冶師といったウィルムを慕う顧客たちが彼のもとに押し寄せ、やがて国さえ巻き込む大騒動に拡大してしまう……!?

●各定価：1320円（10％税込）

●Illustration：ゆーにっと

放逐された転生貴族は、
自由にやらせてもらいます
1~3
[著]
長尾隆生
Nagao Takao
貴族家を放逐されたけど、
実は英雄たちの一番弟子!?
ここからが俺の
大逆転人生!
アルファポリス
第2回次世代
ファンタジーカップ
「痛快大逆転賞」
受賞作!
地球で暮らしていた記憶を持ちながら、貴族家の次男として転生したトーア。悠々自適な異世界ライフを目指す彼だったが、幼いながらに辺境の砦へと放逐されてしまう。さらに十年後、家を継いだ兄、グラースに呼び戻されると、絶縁を宣言されることに。トーアは辺境の砦で身につけた力と知識を生かして、冒険者として活動を始める。しかし、入会試験で知り合った少女、ニッカを助けたことをきっかけに、王都を揺るがす事件に巻き込まれ——!?　転生(元)貴族の大逆転劇が幕を開ける!
●各定価:1320円(10%税込)　●Illustration:ヨヨギ
アルファポリス第2回次世代ファンタジーカップ「痛快大逆転賞」受賞作!
1～3巻好評発売中!

大国アストリアの第二王子ニート。自称【穀潰士】で引きこもりな彼は、無自覚ながらも魔術の天才! 自作魔術でお家生活を快適にして楽しんでいたが、父王の命令で国立魔術学院へ入学することに。個性的な友人に恵まれ、案外悪くない学院生活を満喫しつつも、唯一気になるのは、自分以外の人間が弱すぎることだった。やがて、ニートを無自覚に育てた元凶である第一王子アレクが、大事件を起こす。国の未来がかかった騒乱の中、ニートの運命が変わり始める——!

◉定価:1320円(10%税込)　ISBN 978-4-434-32484-0　◉illustration:ぺんぐぅ

この作品に対する皆様のご意見・ご感想をお待ちしております。

おハガキ・お手紙は以下の宛先にお送りください。

【宛先】

〒150-6008 東京都渋谷区恵比寿4-20-3 恵比寿ｶﾞｰﾃﾞﾝﾌﾟﾚｲｽﾀﾜｰ 8F
（株）アルファポリス書籍感想係

メールフォームでのご意見・ご感想は右のＱＲコードから、
あるいは以下のワードで検索をかけてください。

アルファポリス　書籍の感想　検索

ご感想はこちらから

本書はWebサイト「アルファポリス」（https://www.alphapolis.co.jp/）に投稿されたものを、改題・改稿、加筆のうえ、書籍化したものです。

魔《ま》境《きょう》育《そだ》ちの全能冒険者《オールラウンダー》は異世界《いせかい》で好《す》き勝手《かって》生《い》きる!! 3
追《お》い出《だ》したクセに戻《もど》ってこいだと？そんなの知《し》るか!!

アノマロカリス

2023年 11月30日初版発行

編集－彦坂啓介・若山大朗・今井太一・宮田可南子
編集長－太田鉄平
発行者－梶本雄介
発行所－株式会社アルファポリス
〒150-6008 東京都渋谷区恵比寿4-20-3 恵比寿ｶﾞｰﾃﾞﾝﾌﾟﾚｲｽﾀﾜｰ8F
TEL 03-6277-1601（営業） 03-6277-1602（編集）
URL https://www.alphapolis.co.jp/
発売元－株式会社星雲社（共同出版社・流通責任出版社）
〒112-0005 東京都文京区水道1-3-30
TEL 03-3868-3275
装丁・本文イラスト－れつな
装丁デザイン－AFTERGLOW
印刷－図書印刷株式会社

価格はカバーに表示されてあります。

落丁乱丁の場合はアルファポリスまでご連絡ください。

送料は小社負担でお取り替えします。

ISBN 978-4-434-32947-0 C0093